포레스트 웨일 공동 작가

마지막으로
후회 하나
더 해보겠습니다

안정 | 0526 | 김채림(수풀) | 꿈꾸는 쟁이 | 은지 | 이닻 | 청월
최유리 | 박지연 | 광현 | 김승현 | 고태호 | 이상현 | 숨이톡 | 사랑별
아루하 | 정지혜 | 문병열 | 김원민 | 장준혁 | 윈터 | 권혜주
새벽(Dawn) | 정해온 | 박한울 | 무료한 | 손아정 | 안세진
진서 | 노기연 | 일랑일랑 | 초록慧 | 박상어 | 보고쓰다 | 김유형
김혜원 | 사랑의 빛 | 여운yeoun | 최이서 | 김지웅 | 홍재우 | 이지현
김유진 | 민설 | 이은혜 | 연진 | 시눈 | 서리 | 서기 | 아낌 | 최병희
한민진 | 이지아 | 지원 | 민들레 | 작꼬 | 박주은 | 이루리 | 윤현정 | 김지은

FOREST
WHALE

차례

꽃이 되렵니다

되돌릴 마음은 없습니다
두 번째 사라지는 것뿐이라

오로지 고마웠던 것만 기억해 주세요
헤어짐의 먹먹함은 가져갈 테니

이제 귀를 막으려 합니다
더 듣고 있기엔 정말 흔들릴 것 같아서

(安廷)

이별

아프지 않을 거야 스스로를 다독이며
그때 알게 되었다

나를 포기할 정도로
많은 손때가 묻었구나

흥미 잃은 인형이
새로운 사랑을 만나듯

갈라선 우리가
다른 별을 맞이하겠구나

{安廷}

마지막으로 후회 하나 더 해보겠습니다

그대와의 마지막

그대와 사귄 지 62일
그대와 만난 지 500일
오늘은 그대와의 마지막

그대와의 마지막
실감이 나지 않는다
오래 만나서인가 보다

그대와의 마지막
실감이 나지 않으면 좋겠다
하지만 결국 실감이 나버렸다

그대와의 마지막
받아들이고 싶지 않아도
받아들여야 하는 숙제

오늘도 나는
그대와의 마지막을
받아들이기 위해 노력한다

마지막으로 후회 하나 더 해보겠습니다

애기 감

붉은 이슬방울
하나
맺혔네
터질 듯 부풀어 오른
달콤한 가을 속삭임
마음과 자연이 어울려
하늘 숲으로,
튀어 오를 듯한 사랑으로
물든 그대 눈동자...
당신을 향한 오랜 추억들이
눈에 담을 수도 없어
내 가슴에 품는다

공허와 아픔을 마주하는 하루

덧없이 피고
눈물이 떨어진
꽃송이

꿈에서 깨부숴도 여전히

텅 빈 그곳

내 마음은 공허하다

시간아 흘러가라
지친 절벽
끝에 외치는 말,

마지막으로 후회 하나 더 해보겠습니다

하염없이

비 내릴 때

넌 이미 떠나가는구나

흩어지는 생각

어찌 붙잡나

내 삶의 마지막

슬픔, 아픔, 눈물, 고통, 두려움 등으로 가득 찬 내 삶
과 다르게

훗날 내 삶의 마지막은....
어떠한 아픔도
어떠한 슬픔도
어떠한 눈물도
어떠한 고통도
어떠한 미련도
없는 그저 평온하기만 한 그런 마지막이기를 간절히
바라고 바란다.

마지막으로 후회 하나 더 해보겠습니다

마지막이라도 한 번 더 용기를

언제가 마지막이
될지 모르니

사랑하는 사람에게
꼭 전하고 싶은 말

용기가 필요할 때도
있으니

자신감을 갖고
한 번 더 말하리라

거울

불긋한 노을이 지는 곳에서, 우는 새를 본다. 오보에 소리처럼 맑고 길게 뻗어 나가는 울음소리를 본다. 단 한 마리의 새가, 운다. 아무도 울지 않는데 새만 계속 해서 울고 있다. 노을 위로 비행운처럼 오래오래 남을 것 같은 소리. 빤히 보고 있어도 내게 눈길 한 번 주지 않는다. 자그마한 머리통을 좌우로 부산스럽게 외틀며, 따라붙는 시선을 흔들어 떨쳐내면서도 나를 보지 않는다. 그렇다고 고요한 저 아래쪽을 내려다보지도 않는다. 아무도 울지 않는 것이 이상한 저 아래쪽의 정경과는 무관하게, 제 우는 것을 가만 듣고 선 악취 나는 혼령에도 아랑곳하지 않고, 그저 운다. 단순히 지금은 그렇게 울고만 싶다는 듯.

나는 죽음 그 너머에 서 있었다. 물론 죽음은 그 자체로 시작이자 끝인 세계, 곧 어딘가로부터 닿을 수 없

고 어디로도 오를 수 없이 철저히 고립되어 존재하는
외딴섬이다. 그러나 나는 지금 내가 죽었던 세계로 다
시 돌아와 있으니 죽음, 그 너머라 해도 좋을 것이다.
죽고 난 이후에야 세계는 '내가 살아있다가 죽은 세
계'와 '죽어있는 내가 사는 세계'로 나뉜다는 것을 알
게 되었다. 유리 한 장에 불과한 거울을 두고 맞닿아
있는 세계였다. 무엇을 뻗어도 빛의 속도로 되돌아오
는 가까운 세계, 한편으로 그 너머에는 갈 수 없으니
암울하리만치 먼 세계. 나는 그 세계를 건너왔다. 내
가 죽은 세계에서는 새 한 마리조차 나를 보지 못한
다. 낮을 입술에, 밤을 발목에 묶고 비장하게 내려오
는 노을 따위에 단 한 점의 추억도 떠올릴 수 없다. 나
는 더 이상 이 세계에 속해있는 것들로부터 무언가를
느낄 수 없는 존재가 되어 있었다. 언젠가 누렸던 이
찬란한 여름의 후덥지근한 햇살, 파랗고 조심스럽게
부는 바람, 당장이라도 녹아 없어질 것 같던 무수한
한낮의 순간들이 일순 차갑게 식어 단단해지는 저녁,
그 모든 것들이 무심히 내 혼을 통과하여 지나다닌다.
그러니 저 새가 나를 위해 울어줄 리 없다.

새가 울다 말고 날아가기에 뒤따라 걷는다. 사람들 발

에 밟혀 구부러진 잔디들로 뒤덮인 꽤 높은 언덕 위였다. 참 많은 사람들이 왔다 갔구나, 여기까지 올라와서는 이 아름다운 경치를 애써 참혹하다 여기며 우는 말로 서로를 달랬겠구나. 누구든 죽은 이름을 일상에 새기기엔 거추장스러웠을 테다. 이렇듯 적당한 장소에 한꺼번에 적어놓으면 마음도 편하고 보기에도 좋을 것이다. 서로 다른 필체로 똑같은 이름들이 잔뜩 쓰여있는 바위를 손으로 가만가만 쓸어본다. 혼령의 손이 아니었다면 하얀 돌가루가 반짝반짝 떨어져 내렸을 텐데. 끝이 하얗게 마모된 작은 돌조각들이 이름 바위 아래 흩어져 있는 것을 보다가 그만 새를 놓쳐버렸다. 문득, 세상이 적막했다. 너도 잠시 우는 걸 멈추었구나. 그래, 언제까지고 울기만 할 순 없잖아.

나는 다시 걷는다. 새가 날아갔을 만한 길을 찾아 걷는다. 언덕에서 내려다보이는 아래쪽 골짜기에 흰 두건을 둘러쓴 소복 차림의 여자들이 두 손을 모으고 고개를 숙인 채 일렬로 걷고 있었다. 지극히 단편적인 장면을 목격했을 뿐인데도, 그들이 단지 이 저녁만을 걷고 있는 것이 아니라 아주 오래전부터 그 움직임을 시작해 지금까지 이어왔으리라 확신할 수 있었다. 고

마지막으로 후회 하나 더 해보겠습니다

요하고 엄숙한 걸음걸이. 발을 움직이는지도 모를 잔잔한 동작으로 물의 표면을 걷듯이, 천천히, 흐트러짐 없다. 머리 위에서 노을이 그들의 흰옷을 다 붉게 적실 것처럼 넓게 드리워져 오고 있다. 왜 하필 흰옷일까. 왜 너무도 쉽게 붉어질 수 있는 색을 입고 있을까. 못 견딜 거면서, 그토록 잊히지 않는 색깔은.

거울 뒤편의 세계는 온통 잿빛이었다. 공간을 가득 메우던 날카로운 쓸쓸함. 완연한 겨울이었다. 털 뭉치 같은 잿빛 눈송이들이 사방팔방 흩날리는데 하나도 몸을 스치지 않았다. 추위를 타는 몇 개의 혼령들이 겨드랑이 사이에 손을 집어넣고 어깨를 잔뜩 움츠린 채 곁을 지나갔지만, 그 역시 닿은 적 없었다. 대신에 진동하는 악취가 있었다. 빨아도 씻기지 않을 혼들의 냄새. 그러나 모두가 그 냄새를 익히 알았으므로 누구도 서로 돌아보지 않았다. 달리 비교할 어떤 다른 색도 없으니 아무도 이 잿빛 바깥으로 도망치지 않는 것처럼. 그런 곳에 있다 보면 이전에 살았던 삶에 대해서는 놀라울 정도로 빠르게 무감각해진다. '어떻게 살았더라'보다는 '어떻게 죽었더라'가 기억에 더 오래 남고, 나중에는 '어떻게'도 사라지고 '죽었더라'만

남는다. 정확히는, '죽었다' 정도만. 모든 과거가 삽시간에 잊히고 나면 혼들에게 남는 것은 단 하나뿐이다. '그들을 기억하는 누군가'. 그들의 모든 '어떻게'를 간직하며 살아갈 사람들.

어느 시점에서인가 이 사실을 자각하게 된 혼들은 다시 거울 앞으로 되돌아왔다. 하지만 거울 밖으로 나갈 수 있는 기회는 결코 쉽게 주어지지 않았다. 나는 운이 좋았다. 마침 1주기 추모식 날이었고, 엄마의 손바닥이 거울에 닿은 순간 거기 달라붙어 넘어갈 수 있었다. 소복을 차려입은 엄마가 망연한 표정으로 서 있었다. 얼굴의 모든 이목구비가 무겁게 처지다 못해 바닥에 웅덩이질 듯했다. 엄마는 내가 거울에서 나오고도 한참을 그 앞에 서 있다가 겨우내 떠났다.

화장실에서 나온 나는 엄마를 따라나서기 전에 잠시 찬찬히 집을 둘러보았다. 현관문이 닫힌 뒤로는, 엄마가 소리를 죄다 끌고 가기라도 한 듯 온 집안이 적막했다. 기껏해야 째깍째깍, 홀로 살아있는 시간이 수명을 넘기는 소리만이 있었다. 간혹 기계 잡음 소리가 보안용 레이저처럼 집안을 가로지르기도 했지만, 공간을 채울 만한 소리는 없었다. 거실은 무척이나 간소하

마지막으로 후회 하나 더 해보겠습니다

게 꾸며져 있어 제법 많은 소리들이 필요해 보였다. 대개 오래되어 보이는, 그러나 남의 손때가 탄 것을 주워다 쓴 듯한 가구들이 듬성듬성 놓여 있었다. 서랍이나 선반, 식탁 위는 작은 액자 하나 없이 깨끗했다. 이래선 누구 집인지도 모르겠어. 무미건조하게 생각한 동시에 굳게 닫혀있는 두 개의 방문을 보았다. 굳이 들여다보지 않아도 알 수 있었다. 여기 있어야 하는데 없는 물건들은 저 안에 죄다 갇혀 있을 것 같았다.

그러나 열어볼 용기가 나지 않아, 이내 일별하고 집을 나섰다. 저만치서 아주 느린 걸음으로, 하얀 엄마가 걷고 있었다. 이 세계는 거울 저편의 세계와는 달라서 거리에 있는 사람마다 엄마를 흘끔흘끔 쳐다보았다. 멀찍이서 엄마를 따라 걸었다. 보도에 끌리는 치맛자락을 접어 쥐고 걷느라 등이 다소 구부정했다. 사람도 차도 많은 큰 사거리를 지나서, 돌담이 시작되는 내리막길을 돌아서, 일주일에 두 번 열리는 장터를 뚫고, 좁은 골목길을 따라 쭉 걷다 보면-큰 산이, 그 언덕이, 그 바위가 나왔다. 미리 도착한 흰옷의 아주머니들 몇 분이 이름 바위를 흰 수건으로 열심히 닦고 있었다. 부서진 돌조각들을 버리고 새로 고른 돌들을 그

앞에 깔아두었다. 이윽고 아주머니 여섯 명이 나란히 서서, 준비해 온 국화꽃을 한 송이씩 놓으며 아이들의 이름을 불렀다. 진경아. 은지야. 서현아. 수민아. 이서 야. 현지야. 살해당한 아이들의 이름은 붉었다. 어느 것이 나의 이름일까, 가늠할 수 없었다. 나는 해 질 녘 까지 이어진 그들의 조촐한 행진에 합류하지 않았다. 그저 높은 곳에 우두커니 앉아 지켜보기만 했다. 그사 이 많은 사람들이 다녀갔다. 이름 위에 이름, 또 이름 들이 겹치고, 돌들이 바스러지고, 풀들이 눕고, 꽃들 이 불어나고, 안부 인사가 오가고, 누군가 흐느끼는가 하면, 누군가 혼잣말로 조용히 노래 부르고, 하늘은 흐려지고......그럼에도 행진은 계속되었다. 아이들의 유품을 각기 손에 쥔 엄마들이, 사람들이 오르내리는 언덕 아래서 말도 없이 걸었다. 오직 기억을 위한 행 진이다. 어느 날 갑자기 하굣길에, 퇴근길에, 산책 도 중에 무참히 베어져 거울 저편으로 던져져 버린 여섯 이름을 기억하기 위한 행진이었다.

날이 싸늘해지자, 그곳에는 엄마들만 남는다. 텅 빈 말소리 대신 뭉근한 침묵이 떠오른다. 새가 울기 시 작한다. 나는 내 이름을 찾을 수 없는 바위 앞을 헤매

마지막으로 후회 하나 더 해보겠습니다

다가-노을이 다 가라앉을 때가 되어서야, 흰옷의 엄마들이 저쪽 길로 사라졌다가 다시 돌아서 이쪽 길로 오는 것을 질리도록 보고서야, 문득 거울 저편의 세계로 돌아가야 함을 깨닫고 나서야, 멈추었던 새 울음소리가 다시금 스멀스멀 번지는 것을 본다. 그래, 울지 않는 이들을 위해서라도 너는 울어야겠구나. 오케스트라가 숨죽여 기다리는 정적 속에 홀로 울려 퍼지는 한줄기 오보에 소리처럼 힘차고 서러운 소리. 끝내울지 못한 엄마들이 마침내 떠나는 곳에 그 소리만이 맴돈다.

엄마는 낮보다는 날렵한 걸음으로 어느샌가 어둑해진 길을 훑으며 집까지 단숨에 간다. 현관문을 닫고, 여전히 소리라곤 없는 거실에 비척비척 들어선다. 불도 켜지 않고 소파에 풀썩 주저앉는다. 닫혀있던 두 개의 방문 중 하나가 열리고, 안방에서 아빠가 나온다. 무어라 말을 건네기도 전에 엄마는 벌떡 일어나버린다. 다른 하나의 방, 아니, 그 옆의 화장실로 들어간다. 나는 틈을 놓치지 않고 따라 들어가, 거울 앞에 선 엄마를 본다. 엄마, 왜? 불현듯 엄마의 입에서 비좁은 화장실을 다 채우고 무너뜨릴 만한 커다란 울음소리가 튀어나온다. 엄마는 세면대를 양손으로 붙잡고 엉엉, 소리 내어 울기 시작한다. 엄마, 왜. 묻지도 않은 말이 배수구 안으로 쪼르륵 빨려 들어간다. 나는 어차피 있지도 않은 입술을 있지도 않은 손으로 만지작거린다. 코 아래에서 손의 악취가 흐른다. 그 악취들은 전부 저 거울 뒤편에 속해있었다.

나는 촛불처럼 흔들리며 다리를 들어 올린다. 우는 엄마를 뒤로하고 거울을 넘어간다. 걸어갈 통로 하나 없는 어둠이 마중 나와 있다. 등 뒤에서 닫히는 세계의 문. 차가운 잿빛 눈보라가 나를 훅 꺼트려 본래의 세계로 끌어당긴다. 침묵이 막 가신 귀는 금세 얼어붙고, 나는 여전히 거울 앞에서 서성이던 혼들과 일찌감치 포기하고 등 돌려 걸어가는 혼들을 본다. 잃어버린 이름과 기억 사이를 하염없이 오가는 이 겨울이 이제 막 시작되었던 것 같기도, 겨우 끝나가는 중이었던 것 같기도 하다. 알 수 없는 것투성이. 시작이자 끝일 뿐인 죽음 그다음의 세계에 나는 있다.

하루 반나절을 꼬박 행진하던 그들처럼 걷는다. '어떻게'까지 지워지는데도 '죽었다'만큼은 왜 이토록 생생히 남아 있는 걸까. 그러나 달리 '어떻게'까지 기억

된대도 그다지 기쁠 것 같지 않다. 결국 그렇게 울어버릴 거라면 잊지. 차라리 그냥 잊어버리고 말지. 머릿속이 차가워 그 어떤 생각도 오래 달라붙어 있지 못한다. 끝나지 않는 마지막, 뭐든 스칠 수도 붙잡아둘 수도 없는 곳에 나는 있다.

나의 마지막

인생을 살아가면서 항상 '마지막'은 온다. 아무리 맞이하려고 하지 않아도 결국은 온다. 그러면 우리는 어떻게 마지막을 준비해야만 하는 걸까? 갑작스럽게 찾아오는 마지막에 우리는 어찌하면 좋은 걸까. 이 답은 누구라도 찾기 어렵다. 찾으려고 해도 찾아지는 것이 아니라 그것이 사람의 '마지막'이니까. 그 마지막은 늘 준비도 하지 않았는데 찾아온다. 어떤 마지막이든 그건 찾아오더라.

나도 많은 마지막을 맞이하고 또 맞이했다. 그럴 때마다 늘 마지막이라고 생각했다. 그것이 언제나 나의 마지막이라고 생각했다. 하지만 끝나지 않는 것이었다. 정말로 마지막이라고 생각한다면 항상 마지막이 아니었더라. 많은 것들이 바뀌고, 많은 것을 얻고, 많은 것을 잃어버리면서 말이다. 그럼에도 마지막이기를 원했었다. 부디 이것이 마지막이기를 이 고통도, 이 쓸쓸함도 부디 마지막이기를. 하지만 현실은 늘 그래왔었던 것처럼 쉽지는 않았다. 23년, 인생을 살아오면서 그랬던 적이 많았으니까. 하지만 결국은 마지막이 아니더라. 늘 마지막을 생각했지만 그 마지막은 오지 않는 것이더라. 그러니 나는 항상 '이게 마지막이야'라고 말한다. 마음으로 빌어보기도 하고 부디 간절하게 빌어보기도 한다. 어느 것이든, 어느 관계이든, 어느 사람이든, 그리고 어느 순간이더라도 나에게는 늘 마지막이기를 원했다. 하지만 결국 마지막은 오지 않는 것이더라.

나는 마지막을 항상 찾고 또 찾는다. 그리고 이제는, 나의 마지막이 부디 마지막이기를 바라면서. 오늘도 나는 마지막을 향해서 또 간다. 그러나 이게 정말로 마지막일까, 그거는 모르지만 그럼에도 나는 부디 『마지막』이기를 바라면서 간다.

마지막으로 한 번 더

널 닮은 별이 반짝여
우리 이제 여기선
못 보는 거지,
그런 거지?

그래도 여전히 생각나
너만 줄 수 있던 사랑
나만 받았었던 사랑
그 마음이 생각나

네가 내게 준 사랑
마지막까지 반짝이네
네가 내게 알려준 사랑
맴돌아가다 사라지네

마지막으로 후회 하나 더 해보겠습니다

어느덧 새벽이 와
널 닮은 별들도 사라지고
새로운 세상이
너란 빛까지 바래게 해

다시는 못 만날 거라는
무정한 생각들이
못난 나를 괴롭혀
너를 잊지 않으려
노력하는데도 말이야

네가 내게 준 사랑
마지막까지 반짝이네
네가 내게 알려준 사랑
헛돌아가며 사라지네

너는 내 맘 다 아는 듯
마지막까지 한 번 더
환한 세상 속으로 사라지네

네가 내게 줬던 사랑
마지막까지 반짝이고 있어
네가 내게 알려준 모든 사랑
끝까지 남아 내게 닿네

마지막으로 후회 하나 더 해보겠습니다

소망

오늘이 너를 보는 마지막 날인 걸 알았다면

맛있는 걸 더 많이 만들어줄걸 그랬어!

좋은 말 많이 해줄걸!
같이 있을 때 더 잘해줄걸!

투정 부리는 것도 하지 말걸!
싸우지도 말 걸 그랬어!

널 보는 오늘이 마지막인 걸 미처 깨닫지 못하고
너에게 맘 아프게 하고
널 힘들게 했어!

그때가 행복했다는 걸
오늘이 널 보는 마지막 날 깨달았어!

미안해! 그동안 정말 고마웠어!
잘 지내! 너무 사랑했어! 네가 함께여서
오늘이 널 보는 마지막이 아니길….

마지막으로 후회 하나 더 해보겠습니다

기억의 바다에

너를 그리다

다시 또 널 잊는다

그 마음을 다시 마음에 가둔다

돌아갈 수 없다고

상처만 가득할 거라고

아무 소용 없다는 걸 알면서

저 푸른 강물이 흐르는 것처럼

내 마음속 흐르는 바다처럼

흩어진 내 사랑이

또다시 널 그리며 흐른다

네가 그리워 너무 그리워

혼자서 흘리는 눈물처럼
널 그리워하다 널 미워하다
흐르는 물처럼 널 흘려보낸다

사랑이라 생각했던
지난 시간이
영원히 널 사랑한다고
생각했던 그날들이
기억의 바다에 남겨진다

마지막으로 후회 하나 더 해보겠습니다

판도라의 상자

그 누구에게도 말 못 하고 나 혼자만 아는 비밀,
다들 하나씩은 가지고 있을 것이다.
아니 나만 있는 것일 수도 있지만, 이제는 중요하지
않다.
이미 누군가가 알아버렸고, 두 사람 이상이 알면 비밀
이 아니라고 그랬으니.

말할 생각이 없었던 그 비밀은 사실 말할 생각이 없
던 게 아니라,
말 못 할 어떠한 부분이었는데 한여름의 술자리에서
먼저 보물상자처럼 귀하게 품고 있던 상자를 열어 보
이던 그는 이 안에 어마어마한 것이 있으니 보라고
했다. 나는 엄청나게 놀랐고 이미 거나하게 취한 상태
였기에 나 또한 내 보물상자를 오픈했다. 평생 비밀로

지키겠다는 혼자만의 다짐이 물거품이 돼버린 그날 밤, 서로의 엄청난 비밀을 공유한 그 사람과 더 돈독해졌고 비밀이 아닌 지금 여전히 서로에게만 오픈된 보물상자를 다시 고이 닫아 간직하고 있다. 뜨거운 여름날 그날 밤을 후회하냐 물으면 나는 전혀 아니라고 말할 건데, 그 사람은 어떨까 모르겠다.

우리는 그날 밤 누구에게도 말 못 하고 나 혼자만 아는 비밀 그것을
공유한 엄청 특별한 사이가 되어버렸다.

마지막으로 후회 하나 더 해보겠습니다

마지막 잎새

흘러간 외로움의 세월과
티격태격 다투다가 어제의
청춘이 지나갔습니다

꽃이 저물 무렵 태양의
불이 꺼져가고 밤이 될 때
밤하늘의 별들 무성할 때
저는 아무것도 하지 않았습니다

젊음이 고난의 행군처럼
저를 옭아매는 기억이었다는 걸
되새기고 또 되새깁니다

마지막 밤

천구를 돌고 있는 별들아!
오늘은 내 구슬픈 이야기를
들어다오

내가 고독한 삶에 슬픔을
토해내도 별들아! 내 아픈 상처들을
토닥여다오

이번 생이 하느님께서 굽어 보시길
뜻깊은 삶이 아니었다고 해도
별들아! 내 심정을 이해해다오

내가 본 밤하늘이 마지막이라도
별들아! 너희들은 나를 기억해다오

마지막으로 후회 하나 더 해보겠습니다

망자의 꽃

삶의 마지막 길을 건너
레테의 강에 도달해
강물을 마시면

이때까지 살아온 망자의
生을 파노라마처럼 보여주고
저승으로 인도해 주는 꽃이 있다

저승의 신 하데스의 충신이기도 한
그 꽃은 영혼들을 인도하는 길잡이
역할을 하는데 이승에서 받았던
괴로움들을 없애준다고 한다

눈을 감는 날

마지막이라는 말은
어떤 의미를 담고 있을까
첫 만남을 좋게 장식하려고
무던히 애써봤었지만
결국 마지막 만남이
좀 더 오래 기억에 남았고
다음 기회가 또 있다고 생각했지만
이번이 마지막이었던 경우가 많았다

언제나 우리는 살아가면서
끝을 항상 준비해야만 한다
오늘 하루가 어쩌면
인생의 마지막 날일지도 모르며
죽음이라는 종착지에

도착하기 전까지
아무리 괴롭고 슬프더라도
있는 힘을 다해서 살았다고
이젠 쉬어도 괜찮다며
눈을 감을 때 생각할 수 있도록.

기약 없는 기다림

어느 순간부터 누군가를 만나면
그 끝을 먼저 생각하게 되었다
만남이 있다면 당연히 헤어짐도
있다고 머리로는 알고 있지만
시간이 아무리 지나도
친했던 누군가와의 이별은
익숙해지지 않는다

시간이 좀 더 필요한 것일까
다음에 재회할 때까지
앞으로 얼마나 더 오랜 시간이
지나야 하는지 알 수 없기에
언젠가는 다시
만날 수 있을 거라는

마지막으로 후회 하나 더 해보겠습니다

기약 없는 기다림은
공허함만 남긴다.

마지막 마음까지

무언가를 소중히 가꾸고 숨을 불어 넣어 주면
쏟은 정성과 시간들로
다시 살아나는 것들이 많아질 거야.
다치고 상처 난 마음에도
관심과 사랑이 자꾸만 머물게 하면
고장 난 감정들이 더딜 수는 있어도
마지막에는 고쳐질 수 있는
소망도 생긴 거잖아...
예쁜 담쟁이를 키우기 위해서는
줄기를 테이프로 고정을 하고
줄기를 잘라내서 다듬어야 하는 거래.
어려운 세상사에 치인 모난 마음들에게도
"수고했다", "잘했다" 토닥여 주는 위로를
따뜻하게 곁에서 재잘거려 준다면

한순간에 바슬러 지는 일은 없을 것 같아.
우리가 선택한 삶 가운데서
누구에게도 무엇에게도 흔들리지 않을
단단한 마음을 갖고 싶은 건
다 똑같은 마음일 거야...
그러기 위해선 나를 좀 더 자세히 들여다보고
사랑해 주는 마음이 꼭 필요한 거지...
마음에도 통증이 있다는 걸 늘 생각도 하고
처음부터 마지막까지 소중히 여겨준다면
마음이 고장 나는 일들이 덜하지 않을까 하는
생각을 난 가끔 해.

마지막 하나

내 모든 하나의 시작에서는

하나에서 하나를 더한다거나

하나에서 하나를 뺀다거나

하나가 계속해서 하나였어도

나에게 특별히 달라질 이유가 없는 거였어...

늘 처음의 시작은 둘이 아닌 하나였을 테니까...

그래서 난...

그 하나가 너무 소중한 거고,

그리고 난...

그 하나 때문에 존재한 거야.

그래서 난...

그 하나를 끝까지 지켜낼 거고,

그리고 난...

그 하나로 매일이 행복할 거야.

마지막으로 후회 하나 더 해보겠습니다

그렇게 난...

언제나 내게 있을 그 하나가

내 선택에서 제일 중요한 하나 일 테고

내 곁에서는 끝내 이뤄질 마지막 하나 될 거야.

그러니까 넌...

그 하나로 그냥 있어 달라고,

그러면 난...

그 하나를 위해서 살아갈 거야.

그 하나가 난 사랑이라서...

헛헛해질 수 있는 시간

가끔 지난 시간 속을 뒤돌아 자세히 들여다보면
나에게 주어진 시간이 부족했던 것이 아니라
뒤집을 용기가 대부분 없었던 것 같아.
시간이 모자란다는 핑계를 벗 삼아
안주하며 지내려고만 했던 마음이 컸던 거겠지.
그래서 필요 이상의 노력은 하지 않았고
남아있는 시간이 많은 것처럼
내려놓기도.. 미루기도 한 모든 일들이
점점 늘어만 갔던 거야!
지금 생각해 보면 해보고 싶었던 일들을
너무 쉽게 손대지 않고 접어둔 핑계들이
높이 쌓여만 간 것 같거든.
흐르는 시간의 모래시계는 누구에게나
똑같이 주어졌을 건데 말이야...

마지막으로 후회 하나 더 해보겠습니다

시작을 해보지도 않고
포기라는 별똥별을 마구 아래로 떨어트린다면
뒤늦은 후회들이 불필요하게 많아져서
마음 한편도 무기력하고 헛헛해질 수가 있어.
잘하지 않아도 괜찮고 조금 느려도 괜찮은 거니까
천천히 하나하나씩 해보는 거야...
하다 보면 별거 아닌 두려움도 잘 알게 되거든...

마지막은 없습니다

책의 처음 장이 있으면 마지막 장이 있습니다
이야기의 시작이 있으면 끝이 있습니다
그게 끝인 줄 알았더니 아니었습니다

끝이
생각을 새롭게 하는 시작이 됐고
인생을 다시 보게 하는 전환점이 됐고
새로운 삶에 도전하는 동력이 됐습니다

끝은 마지막이 아니라
새로운 시작
새로운 전환
새로운 도전이었습니다

마지막으로 후회 하나 더 해보겠습니다

끝은

마지막은

없습니다

쉰(50) 마지막 날

네가 내 곁을 떠나는 날
세상이 끝나는 줄 알았어

꿈도 사라지고
삶의 의지도 사라질 것 같았어

근데 말이야

너를 보내고 나니
새로운 인생이 내게 열렸어

또 다른 꿈을 좇게 되었고
지금껏 없는 열정이 생겼지

마지막으로 후회 하나 더 해보겠습니다

넌 정말 숫자에 불과했고
날 무너뜨릴 수 없었어

빛보다 빠른 생각으로
너를 이겼거든

나이 먹는다고 늙는 게 아니라
생각이 늙으면
그때부터 진짜 늙는 거야

12월애(哀)

마지막임을 알면서
미련을 버리지 못해
널 꼭 붙잡고 있었지

매서운 바람으로 내 뺨 스치며
하얀 눈과 함께
차갑게 사라져 가는 너의 뒷모습

기회를 잡지 못한 내게
후회는 내 몫이라며
눈길도 주지 않고 넌 내 곁을 떠났지

잡으려 해도 잡을 수 없는 너
늘 아쉬움만 남게 하는 너
한 해의 마지막
12월

마지막으로 후회 하나 더 해보겠습니다

마지막 하루를 살아야 한다면

마지막으로 하고 싶은 게 뭐야?

요즘 자주 듣는 말이다. 굳이 알려주지 않아도 안다. 지금 내가 시작하는 모든 게 마지막이 될 게 뻔했다. 언제 죽을지 정해진 삶! 그게 바로 시한부 선고를 받은 나의 운명이다. 그렇다고 굳이 마지막이라고 말해야 하는 걸까? 어차피 삶이라는 끝이 있는데, 나는 조금 빨리 온 것뿐이다. 내 나이 47이면 많이 살았지 않은가. 나는 만족한다. 아이들은 이미 20살이 다 되어가고, 죽음을 굳이 설명하지 않아도 되는 나이이다. 오랫동안 나의 연인이 되어 준 남편이 좀 아쉬울까? 나는 아쉽지 않다. 그래, 나는 아쉽지 않다. 그러니까 굳이 마지막이라는 말을 하지 말았으면 좋겠다.

"언니, 언니 우리 이번에 여행 갈까?"

"무슨 여행?"

친한 동생이 방문했다. 병원에서 해줄 수 있는 것이 없다고 퇴원을 권고한 직후 집에 있을 때였다.

"언니, 전국 일주해 보고 싶다고 했잖아. 우리 전국 일주 가자."

"농담이지?"

정말 어이없는 말에 한참 웃었다. 작년이었다면 아마 흔쾌히 "응"을 외쳤을 것이다. 하지만 그러기엔 시간이 아까웠다. 날 위한 시간은 이미 병원에서 충분히 가졌다. 6개월 동안 병원에 있으면서 수많은 밤을 혼자 지새웠고, 수많은 낮잠도 잤다. 고통도 없었기에 간혹 이어지는 치료가 오히려 곤욕이었다. 지금은 이대로 있고 싶었다.

"언니, 진짜 안 가고 싶어?"

"응. 지금은 이대로가 좋아. 있잖아. 진짜 마지막이 되면 제일 하고 싶은 게 바로 이 소소한 일상이야. 같이 밥 먹고, 이야기하고 TV 보고 하는 게 제일 좋았다는 걸 알게 돼. 네 마음은 고마워. 하지만 나는 지금이 제일 베스트야."

이해할 수 없는 표정인 듯한 동생은 날 위해 이번에

탄 적금을 쓸 요량이었는지 아쉽다면서도 한 편으로는 크게 숨을 쉬었다. 친동생 같다고 생각할 만큼 동생은 날 많이 챙겼다. 남편이 부재중일 땐 항상 동생이 왔었다. 내가 처음 병을 알게 된 것도 그녀가 일찍 병원에 데리고 가줘서 알게 되었다. 덕분에 1년이라는 시간이 내게 더 주어졌고, 또 삶의 소소한 행복을 배울 수 있었다.

"은영아, 너한테는 늘 고마워. 동생이지만, 언니처럼 날 챙겨줘서 고마웠어."

"뭐야, 새삼스럽게. 언니하고 나 사이에 그런 게 어딨어?"

"눈물 꼭지 잠가. 너한테 우는 건 어울리지 않아. 나중에 진짜 나 없으면 그때 울어."

은영은 화장실로 들어가 수도꼭지를 틀었다. 한참 물소리가 난 뒤에도 그녀는 나오지 않았다.

동생이 돌아간 후 일찍 온다던 남편이 늦는다는 연락이 왔다. 오랜만이었다. 집에 혼자 있을 내가 걱정되었는지 그 몇 분의 시간 동안 되돌아온다는 은영을 만류하고, 따뜻한 차 한잔을 들고 창가에 섰다. 12

층 아파트에서 바라보는 하늘은 파랗고, 모양도 형성되지 않는 구름은 하얗다. 살짝 열린 문틈에서 차가운 바람이 머리카락을 부드럽게 건들고 있었다.

"벌써 11월인가? 언제였더라. 올해 4월쯤 입원했으니까 딱 6개월이네. 봄과 여름, 가을까지 병원에서 보냈네. 겨울은 다 채울 수 있을까?"

아주 잠깐의 어지러움이었다. 평소에도 어지러움이 있었기에 별 대수롭지 않게 생각했다. 그땐 오랜만에 만난 동생과 친구들과 수다를 떨고, 은영이 데려다준다며 카페 앞에서 잠시 기다릴 때였다. 돌 틈을 비집고 나온 들꽃이 예뻐 자세히 보려 몸을 웅크릴 때 현기증을 느꼈다. 잠깐 그러다 말겠지 하고 무시했다. 아주 찰나의 눈 깜박임이었는데, 눈을 뜨니 병원이었다. 꼬박 3일 동안 의식이 없었다고 하는데, 내게는 고작 찰나에 지나지 않았다. 머리 여기저기에 퍼진 암세포들은 감히 손댈 수 없을 만큼 광범위했고, 약물 치료와 항암치료는 효과가 없었다. 어차피 그 시기도 지난 후라 남겨질 가족들을 위한 위로 같은 시간이었다. 나는 그럴 줄 알았다. 아무것도 내게 소용이 없다는 걸 말이다. 언제 찰나의 시간이 영원이 될지 모른

마지막으로 후회 하나 더 해보겠습니다

다. 그래서 나는 늘 오늘이 끝일지도 모른다는 생각으로 버텼다. 남편은 어떨까?

그 사람을 만난 게 언제였더라? 고등학교 1학년이었나? 친구의 소개로 만난 그는 수줍은 소년이었다. 꽤 짧게 자른 머리 아래로 얇은 목선이 보였다. 학교를 마치고 뛰어왔는지 이마와 콧등에 땀이 송골송골 맺혀 있었다. 남색 교복 아래 운동화는 흰색이었고, 한쪽으로 멘 가방은 꽤 거칠게 다뤘는지 바란 실들이 얼핏 보였다. 내가 걷는 걸 좋아한다는 건 어찌 알았는지 나름 멋있게 "걸을까?" 한 마디를 외치고는 또 멀뚱히 멀어져 걸었다. 크지 않은 목소리가 듣기 좋았다. 사람들이 많아질 땐 내가 치이지 않게 닿지 않는 어깨 위 손등이 적당히 타 검다. 얼핏 쳐다본 눈은 사슴처럼 맑았고, 꽤 컸다. 그때 막 여름이 오려는 시점이라 걷는 동안 그의 머리카락에는 땀이 맺혀 그의 손등은 연신 축축했다. 그와 처음 손을 잡은 게 만난 지 1년이 지난 겨울이었다. 빙판에 넘어지려는 날 잡아주며 자연스럽게 잡힌 손은 그 뒤로 절대 놓지 않았다. 우린 오랜 기간 연애했고, 결혼은 당연한 순서였다. 그렇게 두

아이를 낳고, 한 번도 헤어짐 없이 살았다. 물론 다툼도 있었고, 미운 적도 있었다. 그런다고 한들 그의 곁을 떠난다는 것은 생각해 본 적도 없다.

"당신, 나와 결혼한 거 좋아?"

"응. 왜?"

"나랑 사는 게 재밌어?"

"응. 넌 싫어?"

"아니."

아주 오래전에 대화가 문득 생각난다. 그에게 난 당연하고, 좋은 사람이었다. 나 역시 다름은 없지만, 이젠 달라질 것이다. 나는 그를 떠나야 하고, 그는 내가 없는 삶을 살아야 하니까 말이다. 그는 아주 잘 살 것이다. 아픔은 오랫동안 그를 괴롭힐지 모르지만, 책임감이 강한 사람이니 두 아이의 아빠로서 잘살다가 어느날 날 따라오지 않을까? 그때도 날 찾아올까? 갑자기 궁금해진다.

"무슨 생각을 그렇게 해? 뭐가 그리 재밌길래 혼자 웃고 있어? 나도 좀 같이 웃자."

언제 왔는지 이미 옷까지 다 갈아입은 남편이 뒤에서

마지막으로 후회 하나 더 해보겠습니다

날 안았다. 손도 품도 따뜻한 사람이다. 차가운 내 손을 항상 데워주던 커다란 손을 만져보았다. 꽤 많이 늙었다. 탄력 좋던 살결은 이제 늘어져 있고, 날씬했던 목선도 없다. 불룩 나온 배는 나잇살만큼 그의 말을 빌리자면 늘어져 있다. 그래도 여전히 나보다 크고, 따뜻한 품이다. 밖에 날씨가 꽤 차가웠던지 그의 살결이 차갑다.

"밖에 추워?"

"응, 추워."

"와! 노을 진다. 예쁘다. 언제 시간이 이렇게 지났지? 애들 올 시간 됐겠다. 밥해야지."

"오늘 외식할까?"

"외식?"

밖에 나가는 게 싫다. 예전에도 굳이 약속이 있지 않으면 잘 나가지 않았던 성격이라 외식하자는 그의 말에 선뜻 그러자 하지 못했다. 그도 안다는 듯이 배달 앱을 열었다.

"요즘 시대가 어느 시대인데, 뭐 먹고 싶어?"

"당신은?"

"나는 아무거나 상관없어. 너 먹고 싶은 거에 맞춰서

아무거나 한잔하지 뭐."

반주를 좋아하는 건 시아버지를 닮았다. 아이들도 있는 카카오톡 단톡방에서 메뉴 추천을 받았다. 그때 아들이 학교 앞에 맛있는 떡볶이집에서 잔뜩 사서 가고 있다고 10분만 기다려달라고 했다. 그날 우리는 분식 잔치를 벌였다. 남편의 술안주는 시원한 어묵 국물, 보슬보슬한 순대와 함께 소주를 마셨다.

아주 보통의 시간이었다. 병원에서 돌아온 건 일주일 전이었고, 우리의 일주일은 행복했다. 남편은 여느 때처럼 출근하고, 아이들은 학교에 갔다. 저녁이면 집에 돌아와 함께 저녁을 보내고, 하루 있었던 일과를 나누며 웃고 떠들었다. 반복되는 하루 중에 특별하거나 사건 같은 것은 일어나지 않았고, 나의 몸은 늘 그렇듯 큰 변화는 없었다. 단지 두통이 조금 있을 뿐이었다. 모두가 잠들 시간, 이상하게 오늘은 나와 같이 자고 싶다던 아이들을 타일러 각자의 방에 보내고, 누웠다.

"사랑해."

평소에도 뜬금없이 자주 하는 말이었다. 그때마다 그는 "나도"라고 답했다. 그러면 나는 다시 "사랑해"라고 말했고, 그의 같은 대답을 두, 세 번 들은 후에야 겨우 "나도 사랑해"라는 말을 들었었다. 그런데 그도 알았을까?

"나도 사랑해."

"행복했었어. 그러니까……."

"응."

우리의 마지막은 그렇게 싱겁게 끝났다. 돌아온 일주일 동안 한 번의 주말을 함께 보내고, 5일의 아침과 저녁을 보낸 어느 날이었다.

우리 할머니

요양보호사가 휠체어를 밀고 들어온다
마른 장작 같은 노인이
휠체어에 앉아 있다
눈꺼풀을 힘겹게 들어 올린다
요양보호사가 말한다
요 며칠간 눈도 잘 못 뜨시던데
손녀딸 왔다고 눈도 뜨신다고
울지 않겠다고 다짐했지만
눈앞이 뿌옇다
죽음이 가까운 들숨과 날숨은
위태로웠다

서울로 올라온 지 얼마 되지 않아
할머니의 부고를 들었다

할머니의 부고도 장례식도
이상하게 초현실적이었다
지금도 내 핸드폰 연락처엔
할머니가 저장되어 있다
누군가 할머니의 번호를
쓰기 시작했는지
카톡 친구 추천에 할머니가 떴다
그 할머니가 그 할머니는 아니겠지만
괜시리 반가웠다

할머니와 같이 살던 어린 시절
악몽을 꾸고 잠시 깼을 때
푹신하고 따뜻한 할머니 품에서
모든 두려움이 사그라들었다
세상은 안전하단다
항상 지켜줄게
그 냄새와 촉감이
그렇게 말해주었다
환한 가을볕 같은 사랑을 주고
할머니는 떠났다

그 시간이 온다

그 시간이 온다
당신을 마주치더라도
한 번 더 돌아보지 않을

그냥 그렇게 아무렇지 않게
당신을 지나칠 수 있는 시간

아쉬움에 돌아보고
나를 한 번 더 봐주지 않을까

몇 번이나 당신을 바라보던
순간들이 사라지는 그런 시간

마지막으로 후회 하나 더 해보겠습니다

마지막 연극

너와 나의 연극,
마지못해 내리는 막은
청량하고 화려한 피날레.

청량하고 화려한 날에
마지못해 내리는 막은
너도, 나도, 날도,
막지 못한 연극의 나래.

이제 막 시작한 연극도
언젠가 막을 내리니
우리의 만남은 연극이요,
잘 짜여진 각본이다.

청량하고 화려한 날에
막이 오르길 하염없이 기다리며
써 내리는 너와 나의 연극.

마지막으로 후회 하나 더 해보겠습니다

마지막 남은 물

네가 남긴 물을 마신다.
너와의 마지막 순간을 마신다.
너는 내게 마지막이 된다.

목마를 때마다 마셨던
물을 토해 낸다.
마지막 남은 물
한 방울마저 토해 낸다.

새 물을 사 마시던 너를 보았다.
나와의 마지막 순간을 묽힌다.
너는 내가 마지막이 된다.

내가 남긴 물을 마신다.

나의 마지막 순간을 마신다.

나는 마지막이 된다.

마지막으로 후회 하나 더 해보겠습니다

시간이 없어서

시간이 많을 때 시작한 사랑은
시간이 없다는 말로 마무리되곤 한다
집착과 불안과 아쉬움과 미안함
어쩔 수 없었다는 사실 혹은 핑계

미안하지만 이 모든 걸
다 감수할 수 있을 만큼 사랑하지는 않아

미움받고 잊혀지자는 마지막 다짐처럼 내뱉은
너에게 고하는 마지막 거짓말

마지막 장을 넘기면

그냥 문득 자신이 없어져서

마지막의 마지막 날까지
살아낼 자신이 없어져서

불안감에 몸을 뒤척이다
펜을 잡는다

'마지막 장을 넘기면 첫 장이 나올 거야'

반짝이고 찬란했다

마지막으로 손을 흔들고
뒤돌아서는 네 모습에서는
반짝이는 빛이 났다
새로운 시작을 향해 가는
그 발걸음이 아주 찬란했다

부럽다, 용기 있는 너라서

시한부

짧은 인사 담담한 말투

그렇게 지나온 시간

시간은 왜 이리 짧은지

다가오는 마지막 순간

알고 있지만 준비할 수 없는 마음

준비해도 그 슬픔의 크기는

떠나기 전까지 짐작조차 할 수 없었다,

조금은 더디게 가길 바란

그 마음이 무색하게

시간은 기다리는 법이 없고

마지막으로 후회 하나 더 해보겠습니다

애써 웃으며 보내는 하늘에
원망만 가득 차 눈물만 흐른다.

바라고 수없이 기도했던
순간들은 바람에 흩어져
기색조차 없고

무너진 마음은 이내
갈 곳을 잃고 헤맨다.

슬픔은 젖어 마를 생각하지 않고
눈물은 날려 멈출 생각을 하지 않는다.

헤어진 뒷모습

헤어진 그 길 뒤로
자꾸 돌아본다.
행여나 돌아올지 않을까
마음의 흔적을 남겼지만
그 흔적을 보지 못한 너는
이내 돌아오지 않는다.

무너진 문틈 사이
보여야 하는 얼굴이
보이지 않고
서성이는 발걸음은
초조함에 돌아보고

마지막으로 후회 하나 더 해보겠습니다

흐려진 시야 사이로
혹시나 하는 마음에
네가 올 거란 기대에
자꾸 돌보고는

결국 정신 나간 사람처럼
하염없이 눈물이 흐른다.

하나였고, 너였던 세상이 무너져
온통 잿빛 가득한 시선으로
고개만 떨군 채

스스로를 위로하곤
바보 같은 웃음 지어
내 마음을 가려본다.

'바보...'

마지막의 의미

당신의 부고 소식을 알렸다. 당신의 핸드폰에는 부고 문자를 보낼 사람이 꽤 많았다. 그러나 빈소는 장례식 내내 비어 있었다. 언젠가 서로의 장례식을 이야기할 때 당신이 그랬다. 내 장례식엔 너뿐일 것 같아. 열심히 살지 않았냐며 반문하는 나를 아랑곳하지 않고 몇 번이나 반복했다. 어딘가 자신감 없는 목소리가 싫어서 당신이 그 말을 할 때면 나는 귀를 틀어막았다. 별다른 가족이랄 것도 없던 당신의 빈소를 지키게 된 나는 그제야 당신의 말을 되뇌었다. 왜 나뿐일까. 그러니까 당신에게는 왜 나뿐이어야 했을까.

당신의 마지막은 나의 몫이 되었다. 장례식에 사용하라고 당신이 직접 남겨둔 돈 몇 푼을 끌어모아 빈소를 차리고 음식을 주문했다. 깔끔한 수의를 정하고 화장기 없는 얼굴로 수줍게 웃고 있는 영정사진을 볼 땐 조금 울기도 했다. 예고 없던 당신의 마지막을 정리하는 역할, 결국 그 역할을 수용하고 어른스럽게 해내고 있다. 나의 삶의 유일한 어른이었던 당신이 사라지니 자연스럽게 어른이 되었다. 나는 어른이 될 준비가 되지 않았다고 생각했어. 당신의 바짓가랑이를 붙잡고 몇 번이나 투정을 부리고 칭얼거렸을 때, 나의 삶이 끝날 때까지 평생 당신이 나의 어른이 되어 주었으면 했어. 하지만 당신이 사라지고 나니 알겠다. 어른에는 준비가 필요한 게 아니었다. 누구에게나 갑자기 닥치는 역할, 어른의 역할을 잘 해내야 한다는 준비를 할 시간조차 없다는 것을 당신이 사라지고 나서야 깨닫게 되었다.

내가 당신을 얼마나 사랑하고 있는지 알면서, 마지막까지 잔인하다. 내 몫으로 남겨둔 당신의 '마지막'의 의미가 궁금하다. 마지막을 공유하고 싶었을까, 혹은 이르게 마지막을 맞이한 당신과는 다른 삶을 살길 바라는 마음일까. 그러니까 난, 마지막마저 함께하자는 낭만적인 수락인 건지 각자의 삶을 살자는 잔인한 거절인 건지 궁금한 거다. 수억 번 다음을 외치며 미뤄두었던 고백에 대한 대답임은 분명한데 해석을 할 수가 없다. 나는 아직 당신을 이해하긴 멀었다. 그래서 당신도 대답을 미뤘던 걸까. 어린 나는 해석하지 못할 테니까.

나 당신을 사랑하는 것 같아.
못 들은 척하지 마. 사랑한다고 했어.

같이 누워 있다가 갑작스럽게 뱉었던 고백에 당황해 하던 당신이 떠오른다. 수억 번이나 삼켜내던 문장이었다. 꾸역꾸역 집어넣으면서도 체하지 않고 삼켜낼 수 있었던 건 당신을 평생 보고 싶다는 마음 하나 때문이었다. 다른 이들이 좋아하는 사람을 계속 볼 자신이 없어 고백을 지르고 관계를 정리할 때, 나는 마음을 숨기고 당신의 안으로 파고들어 가고 싶었다. 그만큼이나 애틋하게 사랑했어, 당신을. 그런데 당신이 곧 죽을 거라고 얘기했다. 병을 알았을 땐 말기였고 3개월 남짓의 시한부 인생을 살게 되었다고 했잖아. 그래서 더 이상 삼켜낼 수 없었다. 삼켜내려고 눈을 질끈 감고 물을 몇 리터씩 들이켜도 사랑한다는 말은 위액과 물에 뒤섞여 뱉어졌다. 뱉어내지 못하면 역해진 속을 부여잡고 구역질을 일삼곤 했다. 당신의 죽는다는 말은 나를 함께 죽이는 말이었어. 그래서 결국 사랑한다고 말했어. 당신은 분명 죽는다고 얘기했는데 나는 살고 싶어 말을 내뱉었다. 사랑이 덜했나. 나는 분명 당신을 나보다도 사랑하고 있다고 생각했는데.

당신의 마지막은 나의 삶과 닮았다. 오늘을 넘기지 못할 것 같다는 의사의 전화에 무작정 휴가를 쓰고 달려왔을 때 당신의 영혼은 이미 다리를 건너고 있던 참이었다. 심전도계 그래프가 요동치고 의사들은 내가 있다는 사실조차 잊은 채 바삐 움직였다. 그래프의 높이가 점점 낮아졌다. 파도를 닮은 그래프는 점차 잠잠해지며 직선으로 변화했다. 당신의 마지막을 나타내는 그래프는, 나의 손목 위에 끝도 없이 그어진 직선들과 닮아갔다. 마지막을 알리는 심전도계 비프음은 당신의 목소리를 담아 삐익 소리 지르고, 다가오지 말라고 소리치던 나의 목소리가 그 위로 화음을 쌓는다. 자해 흔적을 닮은 그래프와 기계의 비명을 보며 나는, 당신과 함께 죽고 싶다는 마음과 당신 대신에 오래 살아가고 싶다는 마음이 공존했다. 당신은 어떤 마음이었을까? 나를 말렸을 때 말야. 다가가지 않을 테니 잠시만 멈추라는 울부짖음이 머릿속을 맴돌았다. 마지막을 입에 달고 살던 나의 일상은 실제 당신의 마지막 모습이 되었다. 삶을 잃을 준비를 하고 있던 당신의 앞에서 철없게 삶을 잃고 싶다며 발악하던 나. 그때 나를 바라보던 당신의 눈빛이 기억나지 않는다. 나는 당신의 시한부 소식을 들은 뒤로는 매일 그날들을 후회했어. 그러고는 당신을 살려 달라고 빌고 싶어 어지러운 속을 부여잡고 엄마를 따라 교회에 갔어. 당신을 이곳에 계속 머물게 해 달라고 기도하고 싶었는데 일곱 살 이후로 처음 보는 하나님에게 빌 용기가 나지 않았나 봐. 눈을 감으면 덤덤한 척 나를 말리던 당신의 모습만이 떠올라 기도가 되지 않았어. 근데 정작 그때의 눈빛이 기억나지 않아 답답해. 당신의 눈빛이 동정이었는지 부러움이었는지 궁금해. 알게 된다면 그날을 마음 놓고 후회할 수 있을 텐데.

상주가 없어도 장례식은 계속되었다. 노력했으나 끝내 당신의 가족이 될 수 없었던 나는 팔려 가듯 출근을 하고, 그럴 때면 당신의 빈소는 아무도 남지 않아

마지막으로 후회 하나 더 해보겠습니다

적막과 냉기만이 가득했다. 당신의 핸드폰을 열었을 때 분명 사람이 있었던 것 같은데 부고 소식에도 짠듯 묵묵부답이었다. 입을 때만 해도 어색하던 상주복을 몇 번씩이나 입고 벗는 것이 익숙해질 무렵, 냉기가 가득한 빈소도 익숙해졌다. '당신은 추위를 많이 타서 추워할 것 같은데' 정도만이 떠올랐다. 돈이 없어 가장 안쪽에 마련된 작은 빈소, 이 정도는 나 혼자서도 충분히 다 채울 수 있다. 차게 식은 빈소의 음식을 억지로 먹으며 빈 그릇으로 만들어냈다. 당신의 마지막에 아무도 없다는 사실을 믿기 싫었고 냉기에 차게 식은 음식이 당신의 빈소에 남아 있는 것도 싫었다.

정신없는 3일이 지난 후에는 내가 할 수 있는 게 없었다. 가족이 아니었기 때문이다. 장례식을 진행하며 떼었던 사망진단서가 눈에 아른거렸다. 정말 죽었구나. 평소 나를 설레게 했던 당신의 이름이 서류 한 장으로 남아버렸을 때, 그때 제일 실감했던 것 같다. 그다음에는 장례식을 마치고 월세방으로 돌아왔을 때, 유산이라는 편지와 함께 당신의 서랍장 가장 아래 칸에 들어 있던 현금다발을 보고 실감했다.

나는 가족이 없어서 유산을 물려줄 사람이 없는데.

그러니까, 나 가족 시켜 주면 되잖아.

그건 별로. 돈만 주고 싶은데 그건 안 되나?

그래라. 뭐…… 현금으로 뽑으면 줄 수 있지 않을까?

죽기 전에 현금으로 뽑아서 숨겨 놓을 테니까 꼭 국가에 빼앗기지 마.

또 그 소리야. 내가 죽는다는 말 하지 말랬지?

장례식에 써 달라고 남겨두었던 돈의 몇 배는 되어 보이는 돈이었다. 당신의 마지막을 초라하게 보내 놓고하는 이벤트가 이거라니. 당신의 손때 묻은 돈을 쥐어보지도 못하고 한참을 바라보고만 있었다. 당신은 늘돈을 많이 벌고 싶어 했다. 당신을 위해서가 아니라, 가족도 아닌 내가 삶을 놓지 않도록 안정적인 삶을 선물해 주고 싶어서. 마음은 거절해 놓고 그러는 꼴이 우스웠다. 그런데 수입이 일정하지 않은 프리랜서인 탓에 작은 지출에도 손을 벌벌 떨고 포기하던 당신이 나를 위해 이만큼이나 돈을 모았다. 당신이 어떻게 살아왔는지 아는 나인데 이걸 보고 감동하거나 고마워할거라고 생각했어? 신경질적으로 서랍을 닫았다. 당신이 보고 싶었다. 이거 다 필요 없으니까, 더 많은 돈이 필요해도 상관없으니까, 당신이 보고 싶었다.

당신의 손때 묻은 돈에는 월세방의 보증금도 섞여 있었다. 보증금만큼의 돈을 들고 집주인을 찾아갔다. 당신의 이름으로 계약된 거주 종료일이 얼마 남지 않은, 당신이 살고 있던 월세방을 새로 계약했다. 자취할 여건이 되지 않아 본가에 얹혀살면서도 본가가 싫어 도망쳐 나왔었다. 당신에게 투정을 부리고 구겨 들어가 살다시피 했던 월세방에 반강제적으로 들어앉게 되었다. 당장 당신의 짐을 옮길 곳이 없었고, 내 짐도 여기 있었기 때문에 들어오는 것이 여러모로 좋은 선택이었다. 월세방은 이제 나에게 추억이니까, 내 추억을 다른 이에게 넘겨줄 수는 없었다. 이제야 교회 갈 마음이 생긴 거냐며 기뻐하던 엄마는 다시 내게 차가워졌다. 상관없었다. 본가에서 가져올 짐이 거의 없어 엄마를 마주할 일도 없을 테니까.

너 진짜 갈 거야?

응, 엄마 이제 나 보면서 한숨 안 쉬어도 돼. 좋지?

자식이 나가겠다는데 좋다는 부모가 어디 있어. 그냥

여기서 살아, 직장도 가까운데.

엄마, 내가 죽고 싶다고 할 때 뭐라고 했는지 기억해?

글쎄, 조금만 더 살아 보라고 했겠지.

아니? 너 알아서 하라고 했어. 걔만 나 붙잡아 줬어.

가지 말라고 울어 줬다?

…….

근데 내가 걔를 어떻게 버려. 어떻게 혼자 두고 와. 내가 어떻게 잊어.

그래도 너 병원도 더 다녀야 하고, 혼자 산다고 해도 약 먹고 다 나은 다음에……

걱정 마, 나 안 죽을게. 혹시나 죽더라도 엄마한테 피해 안 가게 할게.

너 정말……

잘 지내.

가지 말라는 듯 애처롭게 잡은 손을 흔들어 떼어냈다. 애초에 마지막 인사를 하려고 들른 것이므로 할 일은 끝났다. 더 이상 머무를 이유는 없었다. 지체 없이 엄마를 등지고 본가에서 나왔다. 남은 짐을 끌고 월세방에 돌아왔을 때 후련함과 동시에 답답함이 몰려왔다.

엄마를 피해 도망 나온 곳에도 행복만 남은 것은 아니었다. 당신의 흔적과 우리의 추억이 가득해 나를 어지럽게 만들었다. 어느 공간이든 어느 물건이든 우리가 남았다. 아침은 먹고 가야 한다며 챙겨 주던 컵 시리얼과 추위를 많이 타던 당신이 일할 때 항상 덮고 있던 작은 무릎담요, 말로는 좁다며 밀어내면서도 내 자리를 마련해 주기 위해 구겨져 들어가던 침대의 모서리와 요리를 배울 거라며 유튜브를 켜 두고 서툴게 사용하던 도마와 이가 나간 식칼.

당신의 짐을 정리해야겠다고 생각했다. 정리하지 않고서는 금방이라도 당신을 따라가고 싶을 것만 같았다. 가치가 없다고 생각했던 나의 삶을 가치 있게 만들어 준 당신을 추억에 말렸다는 이유로 저버릴 수는 없는 노릇이었다. 일요일이라 출근 준비를 해야 한다는 것도 잊고 움직이기 시작했다. 당신의 향이 가장 깊게 배어 있는 옷가지를 접어 옷장에 몰아넣고, 당신이 일할 때 사용하던 서적과 장비도 수납장에 넣어 버렸다. 그러다 발견한 당신의 일기장.

일하고 있는데 병원에서 전화가 왔다. 급하게 와 보

셔야 할 것 같다고 해서 담당자에게 사정을 얘기하고 병원으로 향했다. 접수대에서 이름을 얘기하는데 느껴지는 시선이 무서웠다. 앞으로 3개월 정도만 더 살수 있다고 했다. 나는 병 같은 거 안 걸릴 거라고 생각했는데 일하면서 맨날 아팠던 게 문제였나 보다. 왜더 빨리 병원에 오지 않았냐고 혼났다. 혼나고 집으로 왔는데 __가 와 있었다. 내가 세상에서 사라지면 넌어떨까? 난 널 못 본다는 게 두려워... __에게 준비할시간을 주고 싶었다. 최대한 울음을 참고 나 죽는다고, 3개월 남았다고 얘기했다. 왠지 네 앞에서는 울면안 될 것 같은 느낌이다. 너는 화나서 집을 나갔다. 울다가 지쳐서 자고 싶었는데 잠도 안 온다. 나 죽을 준비 안 됐는데 눈물도 안 난다.

내가 마주한 적 없는 어린 당신이 담긴 일기장이었다. 그 뒤로도 몇 번이나 두려운 문장이 반복되었지만, 내가 나오는 단락에서 문장은 다시 단단해졌다.

__랑 더 넓은 집에서 살고 싶어서 모으던 돈을 __에게 주기로 했다.

마지막으로 후회 하나 더 해보겠습니다

_가 나에게 사랑한다고 했다. 나도 그렇다고 대답하고 싶었는데 나 곧 죽잖아. _의 사랑까지 시한부로 만들고 싶지는 않다. 그래서 계속 무시했다.

죽기 싫다. 살고 싶다. 무섭다.

그 후로는 입원 때문에 쓰이지 못한 빈 공책이 반복되었다. 간호를 핑계로 거처를 월세방에서 입원실로 옮겼을 때 한 번은 당신이 그랬다. 분명 당신의 돈임에도 입원비로 나가는 돈이 아깝다고 나에게 미안하다고 했다. 나에게 미안해하는 게 이해가 안 갔지만 아픈 사람과 싸울 정도의 망나니는 아니라서 꾹 참았다. 새로운 집에서 더 행복하기 위해 모아 두었던 돈이 입원비로 나갈 때, 당신의 기분은 어땠을까. 내가 당신이었더라도 당신의 반응 정도로만 반응할 수 있었겠지. 미안해, 고백에 대답 못 해서 미안해, 수발이나 들게 해서 미안해.

마지막의 의미는 마지막마저 함께하자는 낭만적인 수락도, 각자의 삶을 살자는 잔인한 거절도 아니다.

내가 당신에게 사랑을 말하기 전 나를 먼저 사랑했던 당신의 눈물 젖은 고백인 거다. 눈물에 젖어 안으로 말린 일기장 모서리를 쥐었다. 마른 눈물이 꼭 되살아나는 것 같다. 당신보다 잔인한 건 나였다. 무거운 고백을 채 내뱉지 못하는 당신의 앞에서 나를 사랑해 달라며 가벼운 고백이나 던지고 있었으니. 생각해 보면 당신은 나와 살게 된 뒤로 친구도 만난 적 없고 약속을 나간 적도 없다. 사회생활이라고는 프리랜서 전환 전에 한 게 다였고, 간혹 부모가 없다는 이유로 원만하게 살아오지 못했다는 말도 꺼냈다. 그래서 나쁜이어야 했구나. 나라면 당신을 쉽게 놓지 않고 당신을 보내는 것도 잘 해낼 수 있을 것 같으니까.

쓸모를 다한 일기장은 책상 위에 올려놓았다. 짐 정리를 채 마치지 못하고 침대에 누웠다. 당신이 있던 모서리로 들어간다. 당신의 입원으로 두어 달 비어 있던 침대에서 아직 당신의 온기가 느껴지는 착각이 든다. 몸을 웅크리고 눈을 감았다. 몸을 낮추면 더 무너지지 않을 테니까.

그 말을 내뱉은 날

네가 말했다
아무것도 모르겠다고

내가 말했다
모든 것을 알고 싶다고

네가 물었다
이미 아는 것이 많지 않냐고

내가 말했다
뭉개진 기억에서 남아있는 것은

내뱉은 마지막 한 마디

이야기

그 대화를 끝으로 너는 뒤돌았어
그럼 나는 그 등줄기를 감히 바라보다가
그만 주저앉고 말 거야

그 대화를 끝으로 나는 기다렸어
그럼 너는 마른 가지에 비 흐르듯 스쳐 가겠지

세월

거울 속이 내 모습이 아련하게 보인다
아련함 위에 슬픔이 덧대어진 걸까

한때 남부럽지 않았던 내 모습을
이제는 스치며 곁눈질로 흘겨본다

거리 위에 내 모습이 스치듯이 보인다
세월 위에 고단함이 묻어난 것 같다

그날 밤 눈물이 입술에 흘러내렸다
유독 달고 시어서 애달픈 맛이 났다

우기(雨期)

겨울을 흘려내리고
그 시간을 덮어버리겠다는 양
잘게 쪼개 어진 빗줄기들은 나를 서서히 덮었다

그것은 마치 창과도 같았고 두터운 이불과도 같았다
그것은 점점 두터이 날 덮고
침몰했다

마치 타이타닉의 그것처럼
아니 어쩌면 아틸란티스의 그것처럼

깊고
조용하게
그렇게 숨죽여 날 가라앉혔다

마지막으로 후회 하나 더 해보겠습니다

END THEORY

맘 가쁘게 달리다 보면 도착하겠지
거의 다 왔을지도 몰라
멀리멀리 나아가다 보면 만나겠지
참 그리울지도 몰라
천진난만하던 내 마음은 천공을 날겠지

언젠가 커지지 않던 내 키처럼
내 꿈이 자라지 않을까 봐
두렵던 밤들을 거쳐나가면
그곳에 도착할 거야

그곳에 도착한다면
고여있던 어린 내게 말하겠지

갈 곳이 있어
도착할 거야

날 믿어

마지막으로 후회 하나 더 해보겠습니다

마지막은 또다른 시작점

누군가 내게 "인생에서 마지막이란 무엇인가요?"라고 묻는다면, 나는 그 질문을 받고 곰곰이 생각하게 될 것이다. 우리는 늘 마지막에 대해 두려움을 품고 살면서도, 동시에 그것을 애써 외면하려고 한다. 어린 시절부터 학교를 졸업하고, 첫 직장을 그만두고, 소중한 이와의 이별을 맞이할 때까지, 인생은 크고 작은 마지막들로 가득 차 있다.

어쩌면 마지막은 새로운 시작의 또 다른 이름일지도 모른다. 처음 무언가를 시도할 때 느꼈던 설렘이 시간이 지나면서 익숙함과 함께 사라질 때, 그 끝은 우리에게 또 다른 기회를 선물하기도 한다. 첫사랑이 끝난 뒤 찾아온 공허함이, 그 이후 더 성숙한 사랑을 배우게 된 계기가 된 것처럼 말이다.

우리는 흔히 마지막을 준비하지 않는다. 그저 내일이

오늘과 같을 것이라 믿으며 살아간다. 하지만 인생의 모든 마지막은 준비되지 않은 순간에 찾아온다. 직장에서의 마지막 날, 가까운 친구와의 이별, 또는 삶의 가장 소중한 무언가를 잃는 순간이 그렇다.

그렇기에 마지막을 준비한다는 것은, 어쩌면 지금, 이 순간을 충실히 살아가는 것과 같다. 매일 아침 눈을 뜨며 "오늘이 마지막이라면 나는 무엇을 할까?"를 자문하는 사람은 흔치 않다. 하지만 그 질문을 매일 던질 수 있다면, 우리는 삶의 중요한 가치를 더욱 소중히 여길 수 있을 것이다.

아이러니하게도 마지막은 슬픔만을 남기지 않는다. 오히려 마지막은 우리에게 지나온 시간의 아름다움을 다시금 돌아보게 한다. 이별을 준비하며 썼던 마지막 편지, 마지막으로 주고받은 따뜻한 포옹, 그리고 마지막 순간에 떠올랐던 기억들은 슬프면서도 따뜻하다.

마지막이 있기 때문에 우리는 더 사랑하고, 더 감사하며, 더 열심히 살아갈 수 있는지도 모른다. 무언가가 영원하지 않기에 그 순간을 잡으려 애쓰는 것이다. 만약 모든 것이 끝이 없다면, 지금의 행복이나 소중함도 결국 빛을 잃게 될 것이다.

마지막은 종종 끝처럼 보이지만, 새로운 시작의 문이 될 때가 많다. 책 한 권의 마지막 장을 덮으면 새로운 이야기가 기다리고 있고, 한 계절의 끝은 다음 계절을 맞이하는 준비가 된다.

인생에서 마지막은 결국 우리가 선택하는 대로 그 의미가 달라질 수 있다. 마지막을 고통과 슬픔의 순간으로만 여길 수도 있지만, 이를 새로운 기회의 발판으로 삼을 수도 있다.

내가 오늘 마지막을 맞이한다면, 그것은 내일을 위한 시작일 것이다. 그렇게 생각하면 마지막은 두렵지 않다. 오히려 오늘을 더 잘 살게 만드는 지침이 된다. 결국, 마지막은 우리의 인생을 가장 찬란하게 빛나게 하는 순간이 아닐까. 어느덧 한해의 끝자락을 향해 달려가고 있다. 처음 이 한 해를 시작하면서 세운 계획들과 이루고 싶은 목표들이 얼마만큼 이루어졌는지에 대해서 되돌아보고 있다. 분명 후회와 아쉬움이 남는다. 하지만 나에게는 내년이라는 새로운 시간이 기다리고 있다. 지나간 시간들에서 내일을 살아갈 새로운 동력을 얻게 된다. 우리는 매번 시작과 끝을 반복하면서 조금씩 성장하고 발전하고 있는 듯하다. 그러면서 인생에 대해서 조금씩 알아가는 게 아닌가 싶다. 조금 더 빨리 알게 되기를 바란다. 시행착오와 실수가 있는 삶이기에 인간적이지 않은가 보다. 사람은 누구나 지나간 것들에 대해서 미련과 애착을 가지는 듯하다. 과거에 머물러 있지 않고 새로운 내일을 향해 나아가는 내가 되었으면 한다. 그 시작에 힘이 되기를 바란다. 더 좋은 시간에 대한 희망과 바램을 가지고 내일을 향해 또다시 신발 끈을 조여 매고 당차게 앞으로 나아가는 내가 되기를 바란다.

마지막으로 후회 하나 더 해보겠습니다

나의 마지막

문득,

마지막이라는 단어는

낙엽이 땅에 닿는 소리처럼

조용히 내게 다가왔다.

끝이란 무엇일까.

손끝에서 스르르 빠져나가는 온기,

눈앞에서 아스라이 사라지는 얼굴,

혹은 마음속 조용히 닫히는 문일까.

마지막의 풍경은

언제나 쓸쓸하지만,

그 안엔 어쩐지

따뜻한 무언가가 깃들어 있다.

잘 있어,

라는 말 속의 애틋함,

다시는 돌아오지 않을 시간을
품에 안고 보내는 아련함.
마지막은 끝이 아니라
새로운 시작의 숨결임을,
오늘의 마지막은
내일의 첫걸음임을,
나는 마지막의 끝자락에서야
비로소 알게 되었다.
그래서 눈물을 삼키며
작은 미소로 마지막을 안아본다.

마지막으로 후회 하나 더 해보겠습니다

1. 끝이 아닌 시작

드라마 마지막 회가 끝난 후, 나는 늘 허전하고 약간의 우울감에 빠졌다. 행복한 결말임에도 불구하고 그 감정은 이상했다. 끝나버렸다는 결말이 슬펐던 것 같다. 마흔의 문턱을 막 지난 지금은 끝이 중요하지 않음을 알고 있다. 끝났다. 다른 것을 또 시작해야지. 하나의 드라마를 보고 다음엔 스릴러를 선택할까. 마지막이라는 단어 대신 재도전이라는 세글자로 바꿔본다.

인도를 걸어가다가도 죽을 수 있는 세상을 살아가고 있다. 2024년 7월 1일 어두운 저녁의 사고다. 서울 시청역 인도를 걷던 사람들 9명이 사망한 충격적인 결과. 가해자 70대 운전자는 급발진이라고 말했다. 그이유가 무엇이냐도 중요하지만 이미 9명의 사람들이 생을 마감했다. 가해자는 과연 그에 대한 반성은 하고 있을까?

택시에서 아이와 이동 중 피로가 몰려와 잠시 눈을 감았다가 안전문자 소리에 눈이 번쩍 떠졌다. 막 고속도로 터널을 나온 찰나였다. 터널 화재 안전문자였다. 내가 눈을 감은 사이에 차량 한대에 불이 났다. 그것을 보지 못하고 지나온 것일 뿐. 나 역시 화재 차량에 탑승할 가능성도 배제하지 못하는 인생. 안전 불감증 시대.

우리는 언제나 마지막을 준비해야 하는 시간을 걸어가고 있다. 미래를 대비하는 것도 맞는 일이지만, 지나친 미래 계획은 지금 내가 살아가는 현재의 작은 행복을 놓칠 수도 있다.

그 행복을 붙잡기 위해 노력하는 목록들을 잘 살펴봐야 한다. 이것이 꼭 필요한 것인지 나의 지나친 욕심은 아닌지 잘 파악해 봐야 할 문제이다.

내가 살아가고 있는 인천의 청라 신도시. 쾌적하고 깨

끗하고 새 건물들이 하나둘 생기고 있다. 그러나 그것이 언제부터인가 과하다고 생각되었다.

인천이지만 김포가 더 가까운 청라 6단지 신도시의 끝자락이다. 갈대밭이 너무도 아름다운 곳이다. 아직은 자연의 생태가 살아있는 신비로운 곳. 맘카페에는 창문에 붙은 박쥐 사진이 올라오고 고라니와 충돌 할 뻔했다는 이야기와 아파트에서 뱀이 나왔다는 실화까지.
이곳은 사람과 동물이 공존하며 살고 있는 신기한 세상이다.

뱀의 독이 두렵고 박쥐가 옮길 바이러스도 무섭고 고라니가 초식이지만 덩치가 크니 공격할지도 모른다는 무서움도 있겠지. 그러나 같은 생명을 가진 존재임을 잊지 않았으면 좋겠다. 그들도 인간을 두려워한다. 이러다 오늘이 우리의 마지막이 될지 모른다고 덜덜 떨면서 말이다.

마지막이라는 세글자는 왠지 슬프고 무섭고 두려운

느낌이다. 그래도 처음 썼던 이야기처럼, 아 이게 나의 끝인가 하며 슬퍼말고 그다음을 선택할 수 있음을 기억해야지.

지금 쓰는 글이 올해 마지막 응모 글이라고 생각하지 않고, 다음 글을 꾸준히 써가야지.
그러면 언제 어디서 기회가 와도 나는 내 글을 수정해서 새로운 글을 만들어 낼 수 있다.

마지막 순간 나는 누구와 함께 있게 될까? 혼자 또는 가족? 아니면, 친구?
어쩌면 마지막 이 세글자도 미리 받아들일 수 있는 마음을 먼저 배워야 하는 것 같다. 대비를 하기보다는 지금 이 순간을 놓치지 않고 나의 소중한 사람들과 추억을 만들어가야지. 내 마음의 온도와 내 몸의 체력도 지켜가면서, 마지막 순간에는 후회 대신 행복했다라는 웃음을 지을 수 있기를.

곧 중학생이 되는 아이들에게 나는 말한다.
"우리 국영수한테 사과만 하다가 끝나는 인생으로 살

지 말자. 인생은 예술이야. 마지막엔 예술적인 엔딩이
되는 우리 가족 이야기가 만들어질 수 있게 엄마가
열심히 노력할게!"

내 마지막 대학 성적은 그닥 좋지 않았다. 하지만 나
는 지금 행복하게 살고 있다. 치열하게 또는 해탈하며
남의 아들과 나의 아들 둘과 함께.

그렇게 나는 오늘도 마지막이 아닌 또 다른 시작을
꿈꾼다.

마침표

마침표를 찍는다.
문장의 끝을 맺는다.
마침표를 계속 쌓아 나가면
끝없이 긴 침묵이 이어진다.

끝없이 긴 침묵 속에서
눈부시게 찬란한 마지막 인사로
찬연하게 아름다울 또 다른 시작을 그려본다.

저물어 가는 너와 나

한해가 또 지나가고 있네

너와 나의 시간도 저물어 가고 있어.

한 겹 두 겹 쌓이고 있는 너와 나의 거리

너와의 만남을 설레지 않을게

너의 전화를 기다리지 않을게

불러도 오지 않는 사랑

눈빛도 주지 않는 사랑

후회하지 않을게

너와 나의 사랑은

지는 태양처럼 저물어 가고 있어.

더 아픈 사랑을 하기 전에

우리 이별을 선택하자

너와 나의 마지막 만남은 이쁜 것만 간직하자.

더 아프지 않게

마지막 장면, 그리고 엔딩 크레디트

밤새워 불러주던 봄날의 노래는
파도에 휩쓸린 듯 영원히 들리지 않고,

밤새워 들려주던 옛 영화 속 사랑 이야기는
차갑게 내리는 소낙비 속에 흩어져서

사랑하던 그대
소낙비를 따라
내 여름을 떠나갔다.

쌀쌀한지 색깔 옷을 주워 입고는
말라비틀어진 내 여린 잎은
어느새 바스락-
서러운지 자잘히도 부서졌다.

지금은 눈비 내리는 거리.
내 귓가에 스치는 그날의 노래와
오래된 극장 안 홀로 켜진 사랑 영화가

오늘은 우리의 마지막입니다.
이대로 우리는 내일을 꿈꿀 수 없게 되겠지요.
그러니 그대 얼른 서둘러 주신다면-
하니,

나는 달린다
그대에게로.

오늘이 우리의 마지막이래요.
오늘은 꼭 말할게요.
사랑하는 그대
내게 다시 오시렵니까-

지금은 눈비 내리는 거리.
소리 없는 골목 어귀에는
고개를 떨군 그림자 하나.

그리고 엔딩 크레디트.

지금까지 영화를 관람해 주신 관객 여러분,
진심으로 감사드립니다.

영화는 이렇게 막을 내리지만
여러분의 모든 계절에 사랑이 단단히 자리 잡기를,
그 모든 사랑이 아픔 없이도 잘 자라나기를,
그리고 여전히 행복하시기를
진심을 다해 소망합니다.

마지막으로 후회 하나 더 해보겠습니다

마지막 졸업식 그리고 고백

졸업식이 끝나고 몇 분이 흘렀을까? 그동안 우리는 웃고 떠들며 눈사람을 만들었지만, 모두가 시간이 지나고 있음을 느끼고 있었다. 담임 선생님이 갑자기 조용해진 우리를 바라보며 입을 열었다.

"이제 진짜 가야겠네." 선생님의 목소리에는 약간의 아쉬움이 담겨 있었다. "나도 오늘을 마지막으로 이 학교를 떠나게 됐어. 나도 졸업이다, 사실." 선생님은 살짝 웃으며 말을 이었다.

우리 모두는 놀란 듯 선생님을 바라보았다. 선생님이 학교를 떠난다는 말을 이제야 듣는다는 게 믿기지 않았다.

"3년 동안 너희와 함께할 수 있어서 정말 행운이었어.

너희 덕분에 선생님도 많이 배웠고, 또 즐거웠어. 앞으로 너희는 더 잘 해낼 거야. 걱정하지 마. 다들 졸업을 진심으로 축하하고, 어디서든 잘될 거라고 믿어. 선생님은 너희를 정말 자랑스러워해."

선생님의 말에 모두 잠시 말을 잃었다. 이별의 순간이 다가왔음을, 그것이 현실이라는 걸 이제야 실감한 듯했다. 선생님은 잠시 말을 멈추고 우리를 차례대로 바라보았다. 눈가가 살짝 붉어진 친구들도 있었고, 그저 웃고 있는 친구들도 있었다. "가기 전에, 선생님이 작은 선물을 준비했어." 선생님은 옆에 두었던 상자를 열었다. 그 안에는 작고 예쁜 상자들이 있었다. "여기에는 선생님이 쓴 짧은 편지랑 작은 선물이 들어 있어. 너희 모두에게 주고 싶어서 준비했어. 꼭 받아 가."

친구들은 선생님이 하나씩 나누어 주는 작은 상자를 조심스럽게 받았다. 나는 선생님이 건네는 상자를 받아 들고 잠시 그 무게를 느꼈다. 작지만 그 안에 담긴 선생님의 마음이 너무나 크게 느껴졌다. "정말 감사합니다, 선생님," 예림이가 떨리는 목소리로 말했다.

마지막으로 후회 하나 더 해보겠습니다

다른 친구들도 고개를 끄덕이며 감사 인사를 전했다. 선생님은 그저 미소를 지으며 고개를 끄덕였다.

그렇게 모두들 하나둘씩 선생님과 마지막 인사를 나누고, 운동장을 떠났다. 나와 해주만이 운동장에 남아 눈사람을 바라보며 조용히 서 있었다. 친구들이 모두 떠난 뒤의 운동장은 너무나도 조용했다.

"이제 진짜 끝이네," 내가 조용히 말했다.

해주는 가만히 고개를 끄덕이며 말했다. "그러게. 근데 왜 이렇게 실감이 안 나지?"

나도 해주의 말에 고개를 끄덕였다. 끝이 다가왔다는 것을 알지만, 어쩐지 마음속에서는 끝이 아닌 듯한 기분이 들었다.

"우리 좀 더 있다 갈까?" 해주가 제안했다.
나는 잠시 생각하다가 고개를 끄덕였다. "그래. 좀 더 있고 가자." 그렇게 우리는 다시 학교 안으로 발길을 돌렸다. 아무도 없는 복도를 걸으며, 낯선 적막이 느껴졌다. 평소에는 시끌벅적했던 복도가 오늘은 이상하리만큼 고요했다. 학교의 모든 것이 그대로인데, 우리가 이제 이곳을 떠나야 한다는 사실이 묘하게 슬프게 다가왔다.

해주는 교실 문을 열고 들어가 책상에 앉았다. 나는 창가 자리로 다가가 창밖을 바라보았다. 눈은 여전히 하얗게 내리고 있었다. 한동안 말없이 그 풍경을 바라보며, 우리 둘은 각자의 생각에 잠겨 있었다.

"있잖아," 해주가 갑자기 입을 열었다. "난 이 학교가 너무 좋았어. 선생님들도, 친구들도 다 좋았고. 근데 이제 다 끝나버리니까... 뭐랄까, 공허해."

나는 그의 말에 조용히 고개를 끄덕였다. "나도 그래. 다들 각자의 길을 가야 하는 건 알겠는데, 왠지 모르게 아쉬워. 다시 이런 순간이 올까 싶기도 하고."

해주는 잠시 말을 멈추더니, 깊은숨을 내쉬었다. "우리, 이 학교에 남아 있을까?"

그 말에 나는 깜짝 놀라 해주를 바라보았다. "뭐? 여기 남는다고?"

해주는 장난기 있는 표정이 아닌, 진지한 얼굴로 말했다. "그래. 졸업은 했으니까, 이제 더는 학생 신분이 아니지. 근데 아직 가고 싶지 않아. 이 교실에서 좀 더 시간을 보내고 싶어." 나는 그 말에 한참을 생각했다. 해주의 말이 이상하게 공감이 됐다. 아직 이곳을 떠나고 싶지 않은 마음, 조금 더 머무르고 싶은 마음. 그래서 나는 고개를 끄덕였다.

"그래. 우리 좀 더 있자."

그렇게 우리는 빈 교실에 남아 조용히 시간을 보냈다. 해주는 책상 위에 기대어 멍하니 천장을 바라보고 있었고, 나는 창밖의 눈을 바라보며 깊은 생각에 잠겼다. 모든 것이 너무 빨리 지나갔고, 그 속에서 우리는 너무 많은 것을 놓친 것 같았다.
시간이 얼마나 흘렀을까, 학교는 이제 완전히 텅 빈 듯했다. 나는 해주를 바라보며 물었다. "그럼, 이제 어떻게 할 거야?"

해주는 미소를 지으며 말했다. "글쎄. 일단 졸업했으니까 자유지, 그렇지? 근데 난 아직 정해진 건 없어. 그게 좀 무서우면서도 설레."

나는 그의 말에 고개를 끄덕이며 창밖을 다시 바라보았다. "맞아. 뭐, 우리 이제 시작이니까."

해주는 자리에서 일어나며 말했다. "그럼 이제 갈까?"

나는 창밖을 마지막으로 바라본 뒤, 자리에서 일어섰다. "그래, 가자."

우리는 교실 문을 닫고, 학교를 천천히 걸어 나갔다. 우리는 학교 복도를 천천히 걸었다. 낡은 벽과 바닥, 그리고 그동안 수없이 오르내렸던 계단이 눈에 들어왔다. 발걸음이 갈수록 느려졌고, 둘 다 아무 말도 하지 않았다. 학교 구석구석을 지나치며 이제는 정말 이곳을 떠나야 한다는 생각이 점점 더 선명해졌다. 1층

현관을 지나자, 눈앞에는 학교 정문이 보였다. 정문을 향해 걸어가며 나는 마지막으로 교실과 복도를 돌아보았다. 복도는 여전히 조용했고, 벽에 붙어 있던 학생들의 게시물은 먼지가 쌓여 있었다. 교실 안의 책상들도 그 자리에 그대로 있었다. 하지만 그곳에 앉을 사람은 이제 없다는 생각에 마음 한구석이 허전해졌다. 정문을 지나 우리는 학교 밖으로 나왔다. 눈은 여전히 하얗게 내리고 있었고, 바닥은 눈으로 덮여 있었다. 우리는 무거운 발걸음으로 운동장을 지나 학교를 돌아보았다. 이제 정말 이곳과 작별을 고해야 할 시간이었다. 운동장 끝에 서서 우리는 한참을 그 자리에 서 있었다. 학교의 낡은 건물은 여전히 우리를 바라보는 듯했다. 그곳에서의 추억들이 마치 교실 창문 너머에서 손을 흔드는 듯한 기분이 들었다. 마음속에서 뭔가가 천천히 가라앉았다.

"이제 진짜 끝이네," 해주가 조용히 말했다.

나는 고개를 끄덕이며 학교 건물을 바라보았다. 이렇게 끝을 맞이하는 것이 맞지만, 마음속에서는 수많은 감정이 요동쳤다. 그때 갑자기 마음속 깊은 곳에서 그 동안 숨겨두었던 말이 떠올랐다.

나는 잠시 숨을 고르고, 결심을 굳혔다. 이 순간이 아니면 안 될 것 같았다. 이대로 끝내면 후회할 것 같았다.

"해주야..."나는 조용히 그의 이름을 불렀다. 해주는 나를 바라보며 고개를 갸웃했다. "왜?"

나는 한참을 머뭇거리며 그를 바라보다가, 떨리는 목소리로 말을 꺼냈다. "사실...나 너한테 할 말 있어."

해주는 눈을 동그랗게 뜨며 나를 바라봤다. 나는 한숨을 쉬고, 마음을 다잡았다. 그리고 용기를 내어 말했다.

"나...네가 정말 좋아. 처음엔 그냥 친구라고만 생각했는데, 시간이 지날수록 내 마음이 달라졌어. 널 보면 기분이 좋고, 네가 웃을 때마다 나도 덩달아 행복해져."

내 심장은 터질 듯이 빠르게 뛰고 있었고, 손은 식은

마지막으로 후회 하나 더 해보겠습니다

땀으로 젖어갔다. 하지만 나는 멈추지 않고 말을 이었다. "이제 졸업하고 각자 다른 길을 가겠지만...그 전에 꼭 말하고 싶었어. 너를 좋아한다고."

내 말이 끝나자, 우리는 잠시 아무 말 없이 서 있었다. 눈발이 소복이 내리는 운동장 끝에서 우리는 그저 서로를 바라보았다.

마지막을 장식하며

마지막이라는 것은
우리에게 어떤 의미로
다가왔었나

항상 이어지는
삶 안에 존재하지만
해의 마지막 즈음에
다다를 때면
언제나 찾게 되는
마지막이라는 단어

마지막을 어떻게
장식하는 것이 우리에게
의미가 있다고 생각이 들까

마지막으로 후회 하나 더 해보겠습니다

아니
의미를 찾아야만 할까
의미를 찾다 소중한 것들을
놓치고 있진 않았을까

앞서서 떠나보냈던
많은 달들에게
남긴 후회들을 마지막까지
남겨야만 할까

빛나는 것들은
빛을 스스로 내기 때문이 아닌
나에게서 빛이 있기에
빛을 뿜어내었다는 것을 새겨두자

자잘하게
잔잔하게
빛났던 순간들을
하나씩 나에게 장식해 보자

끝에 걸려있는
미련일랑 던져둔 채
마지막을 장식해 보자

마지막으로 후회 하나 더 해보겠습니다

무모함 속에서 피어나는 것들

차마 입 밖으로 꺼내기 민망할 정도로, 너무나도 비관
적이고 비겁한 삶을 살아왔다.
내가 한 선택이 최선이 아닐까 지레 겁먹고,
그 탓에 나보다 더 아파할 사람들을 급히 생각하고,
확신이 없었던 결정을 신뢰하는 것을 극도로 기피했다.

뚜렷하지 않은 미래에 심한 공포를 느끼고,
타인들의 질타와 '그럴 줄 알았'는 짧은 마디들에 보
란 듯이 무너졌다.
과도한 욕심을 내려두지 못하면서,
그것이 가져올 뒷감당을 무던히 해낼 용기조차 없었다.

나는 그럴 때마다 속으로만 품어두던 좌우명을 꺼내
들었다.

'작은 기회로부터 위대함이 시작된다.'

후회하기 전에 한 번 더 해보자.
결과가 어떻든, 일단 시도는 해보자.
실패해도 뭐 어떤가.
100년 넘게 살 수 있는 세상에서, 제일 용감할 수 있
을 시절의 후회 한 번이 뭐 그리 대수라고.
그때 내가 할 수 있었던 최선에 또 다른 무게를 짊어
지게 하지 말자.

부딪히자.
실패하고, 무너지고, 좌절해도 괜찮다.
속으로 계속 되뇌자.

망해도 어때.
다 괜찮아.
마지막으로, 진짜 마지막으로 후회 한 번 더 해보는
것뿐이야.

마지막으로 후회 하나 더 해보겠습니다

쉬어가야 할 때

우리 모두에겐, '쉬어가야 할 때'가 많이 부족한 것 같다.
숨 돌릴 틈 없이 발걸음을 재촉하고,
초침과 분침에 자신을 욱여넣어 가며 살아간다.
하지만 그러한 노력이 무색하게도,
마침표는 꽤나 다급하고 허망하게 찾아온다.

각자가 저들만의 핑계와 명분을 내세우면,
우린 그것에 힘없이 휘둘리고,
대체로 자신의 의지 없이 끝을 발음한다.

'마지막'은 자신이 쌓아왔던 모든 것들을 내려놓을
수밖에 없는 최선의 한계라 여긴다.

하지만 모두가 그리 생각함에도, 다시 고쳐 말해주고

싶다.

'마지막'은, 잠시 쉬어가야 할 시간을 유연하게 알리
는 수단이다.
스스로를 가두던 급급함을 잠시 벗고, 제2의 새로운
시작을 말하는 일종의 신호탄이다.
한 과정의 뜻깊은 끝맺음이기도 하지만, 또 다른 여정
을 나타내는 안내문이다.

마지막은 발전과 수양을 멈춰야 하는 때가 아니다.
우리가 잠시 쉬어가야 할 때다.
뒤이어 또 다른 출발선으로 발을 내디딜 때다.

마지막으로 후회 하나 더 해보겠습니다

마지막 사랑

그대가 봄이라면
나 두 발 벗고 그대에게 달려가
꽃 한가득 몰고 온 그대에게 입맞춤하겠소

그대가 여름이라면
용기 내지 못해
수줍어 몸 뒤로 숨겨둔 손
그댈 향해 뻗어 맞잡고 저 푸른 바다로 나아가겠소

그대가 가을이라면
나에게 사랑을 속삭이며
마음을 간지럽히는 빨간 단풍잎 따라
함께 걸었던 공원으로 발걸음을 옮기겠소

그대가 겨울이라면
저 멀리 때 묻지 않은 아이들이 하하 호호 웃으며
조금은 어설프게 만들어 놓은 눈사람 앞에 다가가
왜 이제 왔냐고 속삭이겠소

내 모든 계절에 당신이 있듯
당신의 계절에도 항상 내가 있고 싶소

당신을 선택한 것을
나 한평생 후회하지 않겠소

나에겐 오직 그대,
그대뿐이기에

그대는 나의
마지막 사랑이오

마지막으로 후회 하나 더 해보겠습니다

별의 마지막 약속

사막에 한 선인장이 있었다.

그는 친구도 가족도 없이, 덩그러니 혼자 남겨진 채 밤하늘을 바라보고 있었다.

아무도 없는 밤은 선인장을 더욱 슬프게 만들었고, 힘겹게 슬픔을 참고 있던 선인장은 결국 눈물을 흘렸다. 하지만 그 눈물마저 혹시나 별에게 들키진 않을까 하고 조심스럽게 흘리고 있었다.

그 모습을 지켜보던 별은 안타까워하며 잠시 고민하더니 그의 친구가 건네준 시 한 편을 읽어주었다.

<별 하나>

수많은 별들 중 가장 작은 별 하나
모두 똑같아 보이지만

명도도 다르고 채색도 다른 별

하나하나가 모여 별자리가 되듯,
별 하나가 빠지면 물병자리가 될 수 없듯
너는 없어선 안 되는 별이야

그러니 어느 곳에 있던지
네가 있어야 할 그곳에서
찬란하게 빛나줘.

그리곤 선인장에게 말했다.
선인장아, 많이 외롭고 슬프구나, 나 역시 너처럼 그
렇게 외롭고 쓸쓸할 때가 있었어,
그때 나는 가족도, 친구도 없었어. 그래서 더욱 외롭
기도, 슬프기도, 하늘을 향해 원망스러운 말을 쏟아부
었지. 이럴 거면 날 왜 만들었냐고, 날 만들지 않았더
라면 이토록 고통스러운 삶을 살지 않았을 거라고. 그
렇게 고래고래 소리를 치면서 말했는데, 하늘은 무심
하게도 아무 말도 없었어.

마지막으로 후회 하나 더 해보겠습니다

인생은 원래 긴 터널을 지나는 여행 같은 거야... 때론 가시밭길을 걸어야 할 때도, 때론 가장 가까이에 있는 길임에도 불구하고 멀리 돌아가야 할 때도 있는 것처럼...

지금에서야 말할 수 있지만, 그 어두운 터널을 지나지 않았더라면 나는 결코 나 자신을 사랑할 수 없었을 거야. 내가 그때 그 밤하늘에 홀로 남겨진 것 같은 외로움에 빠져본 적이 없었더라면, 지금의 너에게 이런 말도 할 수 없었을 거야...

그때 하늘은 내게 아무 대답도 하지 않았지만, 오히려 난 그게 더 감사한 일인 것 같아...

그 시간이 있었기에 혼자서 세상을 사는 법을 조금씩 배웠고, 나를 더 알 수 있는 시간이 됐어. 결코 하늘은 나에게 필요 없는 것을 주진 않더라고...

지금은 이해가 가지 않아도, 너의 외로움이 끝날 것 같지 않아 보여도... 언젠가 너는 반드시 빛나게 될 거란 걸 가슴에 믿고 살아가야 해...

내가 읽어준 이 시의 별처럼 너도 꼭 그렇게 될 거야

그 말을 남기고 별은 사라졌고, 그다음 날부터 보이지 않았다.

다른 별들에게 그 별에 대해 물어보니 우리는 그 별에 대해 들은 적도, 본 적도 없다고 했다.

아마도 그 별은 신이 선인장에게 보여준 꿈이었던 것 같았다.

지금 보이는 현실이 끝이 아니라, 너에게도 밝은 날이 올 거라는 것.

선인장은 그 이후부터 희망을 가지고 살아갔다.

그리고 지금 사무치게 겪는 외로움도 어쩌면 하늘이 선인장에게 홀로 살아가는 법을 가르쳐 주기 위함이 아닐까 라는 생각이 들어 현실을 조금씩 받아들이기 시작했고, 하루하루 자신을 위한 삶을 살아가는 연습을 했다.

그렇게 몇 달이 흐르고 몇 년 뒤 선인장의 꿈에 다시 그 별이 나타났다.

선인장아, 나 기억하니? 몇 년 전 네가 꿈에서 봤던 그 별이야...

마지막으로 후회 하나 더 해보겠습니다

이제 제법 어른이 되었구나... 그동안 네가 흘린 눈물 내가 다 지켜보고 있었어...

그동안 많이 힘들었지? 하지만 그동안 네가 많이 힘들었던 만큼, 좋은 날들이 많이 생길 거야.

널 사랑해 주는 사람들이 생길 거고, 더 이상 널 외롭지 않게 해줄 거야...

그동안 혼자 묵묵히 슬픔을 삼키는 널 보며 얼마나 내 가슴이 아팠는지... 너의 아픈 마음을 알기 때문에, 더 이상 널 홀로 내버려두지 않을 거야

그 꿈을 마지막으로 더 이상 그 별은 선인장의 꿈에 나타나지 않았고, 예전과는 다르게 주위엔 선인장을 아껴주는 좋은 친구들이 많이 생겼다. 별의 말처럼 선인장은 이제 더 이상 혼자가 아니었다. 그리고 기분 좋은 일, 기쁜 일도 많이 생겼고 선인장의 하루하루는 기쁨으로 채워져가고 있었다.

그 모습을 보고 하늘의 별들은 모두 흐뭇하게 선인장을 바라봤다.

그리곤 속삭이면서 말했다.

너의 꿈에 나타난 그 별... 사실 우리가 너에게 보내준
별이야.
그 별이 말했지? 혼자인 줄 알았지만 혼자가 아니었
다고...
우리 역시 항상 너의 곁에 함께 있었어...
네가 힘들 때, 외로울 때, 슬퍼서 혼자 아무도 모르게
울고 있을 때, 우린 다 한마음으로 너를 지켜봤고, 안
타까운 마음에 같이 눈물 흘리고 있었어...
하지만 이젠 넌 그 어둡고 긴 터널을 지나 좋은 친구
들과 함께인 걸 보니 너무 기뻐...

그날 밤 창밖을 바라보던 선인장은 잠에 들기 전 별
들에게 말했다.
나, 정말 혼자가 아니었네...!
그리고 노래를 불렀다.

인생은 길고 긴 터널과 같네
한 치 앞도 모르는 그 어둠 앞에서
난 끝없이 앞만 보고 걸어가야만 했네

마지막으로 후회 하나 더 해보겠습니다

하늘이 준 그 소망 따라서
별이 내게 준 희망 붙잡고서

끝끝내 포기하고 싶었지만
그때마다 날 붙잡아 준 건
다름 아닌 제일 가까이서 날 지켜봐 준
별들이었네

그 별들이 있었기에,
작은 별들의 반짝임으로 날
비춰주고 있었기에
긴 어두움도 통과할 수 있었네

이 시간 나의 곁을 지켜준
작은 별들에게 내 마음 담아 노래하네

별은 나에게
한 줌의 소망되었다고

또, 그때 그 시절의 나와 같은

외로움을 겪고 있는 친구들에게 말하고 싶네
더 이상 넌 혼자가 아니야
난 너의 곁에서 항상 응원하고 있을 거야
그러니, 더 이상 외로워하지 마

별들은 선인장의 노래를 듣고
선인장에게 말했다.

마지막으로 너에게 약속할게
우린 세상 끝나는 날까지 너와 함께할 거야.

그리고 별들은 따뜻한 빛으로 선인장을 비춰주었다.
그날 밤은 선인장이 지나온 날 중 가장 따뜻한 밤이
었다.

마지막으로 후회 하나 더 해보겠습니다

마지막 한숨

마지막 숨을 잡아주지 못한 채
당신의 새하얀 이불을 덮어주었다.

숨결이 들려온다.
나를 위해 웃어주고
불면 날아갈까 애지중지 아껴주던
당신의 쩌렁쩌렁한 목소리 기억 틈새로.

멈춘 숨이 말을 걸어온다.
두 눈을 맞추고 보고 싶다
준비 못 한 이른 이별 앞에 끊어진 숨을 붙든 채
하늘 집 문지기로 있는 영원의 때가 참 행복하다고.

마지막 숨이 젖은 마음을 두드린다.

아가, 사랑하는 우리 아가,
보이지 않아도 너를 보고
들리지 않아도 너를 부른다
남은 자의 오늘을 넉넉히 살아다오.

마지막 한숨을 들어주지 못한 채
당신의 푸른 잔디 이불을 덮어주었다.

트랙 위에서

하늘을 가로지르는 총성
일렬로 선 선수들이 일제히 발을 찬다
이곳은 달리기 경주장

일평생 갈고닦아 출발선에 섰다
오늘이야말로 도달할 수 있을까
결승선에서 그려질 영화를 상상한다

그렇게 달려 나간다
헐떡임인지 비명인지 스스로도 모르고
아름다운 마지막만을 찾아서

그리고 트랙 끝에서 발견한다
넘기 전에는 결승선

넘은 후에는 출발선

결승선 테이프가 허리에 감기는 순간
다시 출발선에 서게 될 것을 알면서도
오늘도 우리는 달린다

마지막으로 후회 하나 더 해보겠습니다

유리 셸터

아늑한 유리 돔 속
천장에 그어진 균열을 바라보며
내일을 논한다

보기 전까지는 있는지도 몰랐던 유리 천장
새겨진 시간들이 애틋해
나도 몰래 손을 뻗는다

손가락을 타고 흐르는 붉은 자국
가슴이 아픈 건 왜일까
맨몸으로는 버틸 수 없었던 그날들이 지나간다

저 유리가 깨지고
홀로 서야 할 날은

시작일까 마지막일까

균열 진 파란 하늘
기약된 끝을 바라보며
내일이 오지 않기를 소망한다

마지막으로 후회 하나 더 해보겠습니다

마지막 12월에

마지막 12월에

햐얀 눈꽃 내리는 12월
당신의 사랑이 내 마음에 흐릅니다

함박눈이 소복소복 쌓이는 12월
당신의 미소로 내 삶이 가득 찹니다

크리스마스트리와 성탄종이 울리는 12월
당신의 기도가 나를 감싸안아 줍니다

하얀 눈 위에 내리는 사랑을
눈 위에 소복이 내려앉은 행복을
기도 해주는 소중한 당신의 마음을

모든 순간이 사랑이었던
모든 발걸음이 당신이었던
당신의 품 안이 참 따스했던
흔들리는 나를 나아가게 했던

마음의 기도로 꽃을 피우는
더 아름다운 겨울 마지막 12월에
당신을 바라봅니다

마지막으로 후회 하나 더 해보겠습니다

슬픈 마지막

그대 남기고 간
찻잔을 한참을 바라보다
서글픔은 더 또렷해지고

멀어져 가는 시간 속에
못다 한 말들은 흐르는 눈물

그대 눈동자 안의 감정

지친 마음
아쉬움 마음
쓸쓸한 사랑으로 이별이지만

사라지지 않는 마음은
그리워서 사랑이라

슬픔은 눈을 감아도 스며들어와
지친 시간들이 창가에 어리고
그립던 날들은 스쳐 지나간다

마지막으로 후회 하나 더 해보겠습니다

후회

후회되는 그대

그대와의 마지막 때
웃으며 보내지 못해
후회스럽습니다

그대와의 마지막 때
사랑한다 말 못 해
후회스럽습니다

그대와의 마지막 때
편지를 전하지 못해
후회스럽습니다

그대와의 마지막 때
눈물이 나온 것이

후회스럽습니다

그대와의 마지막 때
붙잡지 못한 것이
후회스럽습니다

그대를 다시 만난다면
이 후회스러운 것들을
하나씩 지우고 싶습니다

마지막으로 후회 하나 더 해보겠습니다

나는 후회한다

부모님의 극심한 반대로 내가 그토록 원하고 원했던 전공을 선택하지 못한 것을 후회하고

내 인생의 유일한 꿈이었던 라디오 작가가 되기 위해 좀 더 치열하게 부딪치며, 도전하지 못했던 것을 후회한다.

내 삶에 새겨진 낙인을 핑계로 좋아하는 사람이 생기거나, 사랑하는 사람이 있어도 아닐 거라고 애써 내마음을 외면하며, 사랑하는 이에게 제대로 된 사랑 표현이나 한 번쯤 잡아볼 생각은커녕 늘 회피하려고만 했었던 것을 후회한다.

세상이 내 허락도 없이 나에게 새겨버린 편견이라는

낙인과 수없는 좌절과 상처 속에서 나도 모르는 새 만들어져 버린 또 다른 하나의 주홍 글씨 속에 갇혀 사는 듯한 나의 삶을 후회한다.

무엇보다 내가 제일 후회하는 건 지금까지의 나, 앞으로의 나를 손톱만큼도 사랑할 수 없고, 죽도록 나를 미워할 수밖에 없는 나와 내 삶이다.

한 번뿐인 인생이 꿈, 일, 사랑, 희망이 아닌 후회로 채워지고 있다는 것과 웃음과 행복 그리고 좋은 추억으로 채워져야 할 내 삶의 나날들이 잊을 수 없는 상처들로 가득하다는 건 어쩌면 살아있는 것 그 자체가 후회라는 뜻이 아닐까 라는 생각을 해본다.

후회되지 않은 사랑

언제나처럼 사랑은
떠나게 되니

후회되지 않게
내 표현을 하니

사랑합니다. 사랑해요
사랑하는 사람에게
전하고 싶으니

정말 후회하지
않게 꼭 말하리라

후회되지 않은 하루

하루가 24시간
이라네

그중에 나에게
일. 분. 일초가 소중하니

시간이 흘러가도
후회가 되지 않은 하루
가 되리니라

마지막으로 후회 하나 더 해보겠습니다

1. 김지웅

언젠가, 나, 그대

어느 날 그대 다시 볼 수 있다면
나 잘 살고 있었노라 안부 전하겠네
그대 아팠던 기억 전부 잊고
나에게 괜찮다 사랑한다 말해주오
그럼 나는 그대 두 손을 잡고 하지 못한 말
간신히 토해내리 보고 싶었다고

언젠가 인생은 혼자다 넋 두릴 뱉을 때
나 그대 마음 절반이라도 알아주었다면
그대 조금은 덜 슬펐을까 나 역시
혼자 덩그러니 침묵을 씹는다오
왜 나는 그대일 수 없고 그대는 나일 수 없었나
언젠가, 나, 그대 보고 싶소

너에게 후회가 남지 않기를

어쩌면 이 글은 그저 단 한 명을 위해서 쓰는 글입니다. 그저 이 글이 어떻게 될지는 몰라도 그럼에도 전하기 위하여.

당신이 이 글을 보게 될지는 모르겠다. 언젠가 읽게 되는 날이 올까 아니면 전해지는 날이 올까? 그건 아무도 모르는 이야기겠지. 나는 여전히 당신의 모습이 생생하다. 여전히 그 모습이 떠올라. 그렇지만 어쩌면 당신의 마음에 나라는 사람이 후회로 남는 게 아닐까 그런 생각을 해. 당신은 솔직하면서도 그만큼 상처가 많은 사람이니까. 그래서 그 어떤 순간에도 당신의 곁에 있으려고 했고, 당신을 외롭게 하고 싶지 않았고, 당신을 소중히 여기려고 했어. 하지만 지금 생각을 해보면 그 선택과 행동이 당신에게는 부담이었겠지. 분명히 마음은 있고, 서로를 바라보고 있지만 그 이상으로 가는 것에 대한 두려움도 말이야.

당신은 선택을 후회할 거 같아서 말할게. 난 몇 번이나 말했지. "당신이 행복한 선택을 하면 되는 거야. 그러니 어떤 선택을 해도 난 괜찮아. 당신이 어느 선택을 하더라도 원망하지도, 미워하지도 않을 거야."라고 말이야. 나에게는 언제나 당신의 행복이 전부였고, 당신이 행복하면 좋겠다고 말했으니까. 진심으로 바라고 원하는 거였으니까. 그러니 후회를 하지 않았으면 좋겠어. 그 마음에 담아두고 자신을 자책하지 않았으면 좋겠어. 나에게는 그 누구보다 단 한 명의 진심으로 사랑하는 사람이 행복하면 된 거니까. 그렇게 당신이 웃는다면 된 거니까. 그러니 후회로 남지 않았으면 좋겠다.

바라고 바란다면 우리의 만남이 당신에게 후회가 되지 않았으면 좋겠다. 그렇게 남아도 난 당신을 멀고도 먼 곳에서 응원할게. 그리고 당신은 상냥한 사람이고, 나에게는 고마운 사람이고, 나에게는 여전히 이 세상에서 가장 사랑하는 사람이야. 그러니까 부디 당신에게 남지 않았으면 좋겠어. 이제는 내가 아니라, 당신의 가장 가까운 옆에 있는 사람에게 닿았으면 좋겠으니까. 당신이 지금 웃고 있거나 혹은 행복하다면 된 거니까 그러니 부디 후회로 남지 않기를. 나에게는 후회가 아니었으니 그리고 무엇보다 이 세상에서 가장 소중한 사람이니까.

고마워, 나의 가장 소중한 사람 그리고 누구보다 당신은 반짝이는 사람이라는 걸.
고마워요. 사랑하는 사람.

사랑 그 향기

사랑은 잊을 수 없는 향기로 남아서
그리움으로 마음속 깊은 곳에
기억으로 남아서

사랑이 향기로 그리움으로
남아서 기억되는 것은
전하지 못한 말들과 마음들이
아직 많이 남아 있기 때문이야

아직도 내 마음속에는
너의 모습들이 남아 있다고
그 모습들이 눈물로 기억되고
그 사랑들이 아쉬움으로
아픔으로 남아 있는 것을 보면

마음의 겨울

유난히 외로웠던 그 겨울
차가운 바람이 스치던 그 겨울
밝은 미소를 가지고 있는
너의 눈동자 너의 그 얼굴

내 마음은 두근거려서
내 마음이 어쩌지 못했어
너에게 가까이 다가가고 싶었는데
차가운 바람이 스쳐와도 그러고 싶었는데

너의 눈을 바라보면서
나의 사랑을 전하고 싶었는데
표현하지 못하는 내 가슴이
설렘들을 감추고 있었는데

마지막으로 후회 하나 더 해보겠습니다

이미 늦어 버려서 널 놓치고 말았어
후회라는 그리움이 널 생각하며
마음의 겨울바람이 분다

뒤늦은 미련

사람들은 항상
시간이 지나고 나서야
뒤늦은 후회를 하게 된다
실패한 일들을 떠올리며 후회하고
하지 못했던 일들을 생각하며 후회한다

후회가 없는 삶을 산다는 건
애초에 불가능한 것이다
두 가지의 선택지 중에
하나를 선택한다고 해도
나머지 하나를 못 고른걸
아쉬워할 것이고
반대의 경우여도
마찬가지일 것이다

결국 과거로 돌아갈 순 없기에
지나간 것에 미련을 버리고
지금부터라도 새로운 마음가짐으로
남은 생을 살아가야 한다
잠시 스쳐 지나가는
시련이라고 생각하면서.

잔 향

혼탁한 밤이 찾아오면,
숨어있던 기억의 파편들이
다시금 온 신경에 꿈틀댄다.

애써 외면하고파 취기를 빌어보지만,
한잔에 잡념이 흩어지고
두잔에 조각이 맞추어져
세잔에 온전히 되살아난다.

의식이 흐려질수록 기억은 선명해져
아해와 같이 철없는 후회가 밀려온다.

내가 미련하여 돌보지 못하고 떠나보낸
초여름 밤, 칼날 같던 달빛의 잔 향.

마지막으로 후회 하나 더 해보겠습니다

여름 안에서

나는 아직 여름을 벗지 못하였는데
당신의 계절은 벌써 겨울로 향하려 합니다.

내가 차마 인사하지 못한 그곳은
여전히 평안이 가득한지 궁금합니다.

쫓겨 나오듯 떠나온 그곳에선
아직도 당신이 나를 기다리고 있을까요

당신의 계절을 서둘러 따라가고파
에어컨 바람으로 가을을 대신하듯

미안하고 애잔한 마음에 숨어든 관짝위로
흙을 쏟아내지만, 가려지지 않는
당신의 창백한 푸른 하늘이듯

하얀 나비

하늘은 싱긋하고 들판은 푸릇합니다.

갓 피어난 어린 꽃 몇 송이
그 사이를 뛰노는 하얀 나비

어느새 하늘엔 퀴퀴한 구름이 드리우고
어린 꽃들과 하얀 나비는 기계의 성에 삼켜집니다.

하얀 나비는 서글프게 탈출했지만
고통에 그을렸나 황혼에 물들었나
부끄러운 두 날개만이 노랗게 변했습니다.

꽃들은 말이 없고 노오란 날개는 낙엽처럼 시들지만
이 땅이 새로 태어나 애벌레가 다시 늙어갈때엔

마지막으로 후회 하나 더 해보겠습니다

잃어버린 봄으로 죽어가는 봄을 지켜야지.

노랑나비는 하얀 나비를 꿈꾸며
그 옛날의 꽃밭으로 잠이 드는데,

.

.

하늘은 아련하고 들판은...

어떤 선택을 하든 후회는 합니다.
더 좋아하면서 자랑스럽게 말할 수 있는
후회를 선택하세요

어떤 고민으로 선택에 길어 놓여

고민을 하고 계신지 모르지만

이것만큼은 말씀드리겠습니다.

어떤 선택을 하든 후회는 합니다.

더 좋아하면서 자랑스럽게 말할 수 있는

후회를 선택하세요

당신이 어떤 선택을 해도

긍정적으로 그 실마리를 잘 풀어나갈

마음의 힘이 강하다면

아니 그냥 더 좋아하는 길을 택하세요.

인생은 한 번뿐이잖아요

마지막으로 후회 하나 더 해보겠습니다

저도 가정형편 때문에

하고 싶은 걸 하고 있는 것이 아닌

해야 하는 일을 해야 할 시기가 있었지만

어차피 돌고 돌아 늦자락에 시도하게 되는 것보다

더한 후회는 정말 없습니다.

첫사랑

나는 왜 아직도 당신을 잊지 못하는 것일까요. 첫사랑이란 말은 참으로 달콤하고도 아립니다. 첫사랑은 누구에게나 특별한 존재라지만, 나에게 있어 당신은 조금 더 특별했습니다. 그도 그럴 게, 나조차도 모르던 내 자신을 깨닫게 해준 사람이니까요. 오늘도 이렇게 핑계를 대어 또 당신을 생각해 떠올려봅니다. 당신은 아마 잘 계시겠지요. 나는 아닙니다. 아직도 혼자서는 풀 수 없는 당신의 거미줄에 매여 해방되지 못하고 있습니다. 당신이 내게 특별한 존재이기에, 나도 당신에게 다른 이들보다 더욱 특별한 존재가 되고 싶다고 말했던 제가 당신에게 부담이 되었단 것을 이제는 압니다. 이제서야 깨달았습니다. 어차피 당신은 그때의 나를 기억하지도, 내 마음을 알지도 못했을 텐데.

시간을 그때로 되돌린다 한들 저는 그때로 돌아갈까요. 이 대답 역시, 나는 아닙니다. 아닐 걸 압니다. 나는 그렇게까지 할 용기가 있는 위인이 못 됩니다. 시리도록 아프지만 행복했던, 지금 와서는 아마도 행복했다고 생각하고 싶은, 슬프지만 아름다웠던 날들을, 제가 어떻게 뭘 더 할 수 있을까요. 그 당시 그날들에 내 나름의 최선을 다했다고 믿고 싶습니다. 그날들은 역시 시간이 지나서 기억이 미화되었다고 보는 게 맞을 겁니다. 오늘도, 당신은 잊었을 그날들을 또다시 생각해 봅니다. 그러고 보니 글을 쓰는 것, 어떤 사건들을 글로 남기는 것은 미련을 해소하는 방법이라고 어떤 저명한 소설가가 말했던 기억이 납니다. 아마도 지금 내가 하는 행위는 그런 것이겠죠.

당신을 처음 봤던 그날을 기억합니다. 모두 앞에 서서 조금은 긴장한 모습이 역력해 보이는, 어렸던 나의 눈에도 어려 보였던 당신. 올려 묶은 머리에 화장기 없는 얼굴이 참 잘 어울렸습니다. 나의 형제들보다도 어렸던 당신. 그저 순수한 동경이라고 생각하기엔 난 너무 순수하지 못했나 봅니다. 왜 나는 아직도 당신에게

간혀 있는 걸까요. 지금의 내겐 그 무엇보다 사랑하는 사람이 있는데도 말입니다.

어째 요즘은 내가 의식적으로 지나간 사랑인 당신들을 떠올리는 것 같기도 합니다. 원체 과거의 일이 쉽게 잊혀지지 않는 터라, 의도하지 않았을 때조차 종종 떠오르긴 하지만, 당신들이 내 과거이고, 내가 쌓은 어느 정도의 밑거름이라고 생각하면 잊기 어렵습니다. 끊어진 관계에 연연하지 말자고 요즘 들어 생각하고 있지만 그것은 역시 쉬운 일이 아닙니다. 지나간 시간들에 미련을 갖기란 너무도 쉬운 일이니까요. 끊임없이 후회하고 같은 실수를 더는 반복하지 말자고 매번 다짐하면서도 그런 오류를 또다시 범하는 것은 인간의 자연적인 특성인가 봅니다. 아쉬움을 가질 수밖엔 없지만, 아쉬움을 가지지 말자고, 지난 것을 되돌릴 방도는 없으니, 또다시 이런 일이 일어나지 않기를 바라면서 더는 후회하지 않을 때까지 후회하기를 지속 · 계속하다가 마는 것이야말로, 또 한 걸음 앞으로 나아가는 지름길이라고 생각하기도 합니다. 끊어진 것은 끊어진 거지, 하고 오늘도 중얼거려 봅니다.

당연한 이별

다시 돌이킬 수 없는 후회는
널 그때 잡지 않은 거였는지도

울며 소리치고
초연해진 네가 토해낸 이별

네가 없는 텅 빈 곳
나의 존재는 아무것도 아닌 채로

추억을 찾다 후회만
아픔을 겪어 사랑만

사랑은 지나고 나서야 겨우
이별할 수밖에 없는 당연함만.

되돌린 후회

"미안해. 나 다른 사람이 눈에 들어왔어."

마치 어쩔 수 없었다는 듯이 말하는 그에게 맥주잔을 들어부었다. 그와 연애를 시작한 지 벌써 3년이 지났다. 그와 사귄다고 말했을 때 친구들은 하나같이 말렸다. 분명 몇 달 사귀고 차일 거라면서 그의 바람둥이 같은 여성 편력에 대해 주야장천 떠들어댔다. 평소 그는 주위 여자들에게 인기가 많았다. 늘 같이 다니는 여자는 매번 바뀌었고, 그에게 여자는 쉬운 상대처럼 보였다.

"진아, 네가 좋다."

너무나 황당해서 처음엔 농담인 줄 알았다.

"네? 선배?"

언제든 마음만 먹으면 과에서 제일 예쁜 여자와 데이트할 수 있는 그가 평범하고 아담한 키에 숫기 없는 진에게 프러포즈했다는 사실이 이해되지 않았다.

"진심이야, 나의 여자 친구가 되어줘."

멋있는 프러포즈도 아니었다. 그저 관심 끌기 작전인가? 생각할 정도로 평범하고, 솔직한 말이었다. 처음엔 거절했다. 친구들 입김도 있었지만, 어딘지 가벼워 보이는 그래서 금방이라도 물거품처럼 사라질 것 같은 마음 같아 보였다. 그러나 그는 아니었는지 주변 정리부터 말끔히 하는 것부터 시작으로 매일 진의 주변만 어슬렁거렸다. 마니또처럼 보이지 않는 곳에서도 진을 챙겼다. 그의 관심이 시작되고, 진도 그가 점점 눈에 밟히게 시작했다. 그러다 자신을 키워준 할머니가 돌아가셨다는 소식을 듣고 급하게 집이 있는 창원으로 내려왔다. 갑작스러운 죽음으로 정신없는 장례식장에서 동분서주하고 있을 때였다. 제일 친한 친구들이 내려왔다. 그 사이에 그도 있었다. 그는 누구보다 바삐 움직였으며, 마치 자기 일처럼 나서서 진을 챙겼다. 모두가 돌아가고, 진이 서울에 도착했을 때 그가 배웅나왔다. 말없이 짐을 들어주고, 기숙사 입구까지 데려다준 후 돌아서 갔다. 그제야 진의 마음이 열렸다.

애인은 그가 처음이었다. 남자 사람 친구는 많았다. 그러나 한 번도 이성적으로 느낀 적이 없었기에 그와 하는 모든 것이 낯설었다. 반면 그는 능숙했다. 조급해하지도 않았다. 항상 느긋하게 기다렸다. 진이 원하지 않으면 아무것도 하지 않았다. 그렇게 쌓인 믿음이 3년 만에 깨졌다.

"회사에서 알게 된 사람이야. 좋은 사람이고…."

그의 뒷말은 들리지 않았다. 고작 다녀봐야 1년밖에 다니지 않은 회사에서 얼마나 좋은 여자를 만났기에 진을 버리는지 이해하고 싶지 않았다. 자리에서 일어나 가게를 나오는 동안 머리에서 가슴 언저리까지 젖은 그는 꼼짝도 하지 않고 자리에 앉아 있었다. 어떻게 기숙사까지 왔는지 기억나지 않았다. 익숙한 방에 들어와서야 주저앉아 울었다. 함께 생활하는 룸메이트가 다가와 무슨 일이냐고 계속 물었지만, 대답할 수 없었다. 대답하면 이별이 진짜 사실이 될까 봐 두려웠다. 지금은 아무 생각 없이 울고 싶었다. 어쩌면 이대로 자고 깨어나면 다시 다정한 그가 아침을 깨워줄지도 모른다는 희망이 진의 입을 막아버렸다. 하지만 다음 날 아침 그녀를 깨운 건 룸메이트였다.

"어서 일어나. 너 오늘 면접이라고 했잖아."

힘겹게 일어나 욕실로 향했다. 옷을 갈아입으러 옷장을 열었다. 유일한 정장은 그가 며칠 전 사준 정장이었다. 오늘 면접을 위한 선물이었다. 꼭 이 옷을 입고 면접 가라며 그러면 십중팔구 붙을 거라며 웃던 그의 하얀 이가 생각났다. 깔끔한 흰 블라우스 단추를 채우는데, 그가 작년에 사준 반지가 반짝거렸다. 아직은 뺄 수 없었다. 그와의 이별을 인정할 시간이 필요했다.

"진아, 면접 잘 봐."

기숙사를 나가자 그새 적응된 얼굴들이 하나둘 보인다. 진을 향해 파이팅을 외치며 웃어주어도 그녀의 얼굴은 웃지 못하고 더욱 슬퍼질 뿐이었다. 왜 하필 어제여야 했을까? 그도 오늘 진이 면접이 있다는 걸 알고 있었으면서 말이다. 어차피 헤어질 거 하루 늦춘다고 달라질 것도 없으면서 그리 급하게 해야 했을까? 괜히 괘씸함에 화가 났다.

덜커덩거리는 버스 안에서 항상 그와 같은 앉았던 뒷문 바로 뒷자리가 또 비어 있다. 혼자 앉기 싫어 반대편에 앉았으나 자꾸만 시선이 간다. 진이 가고 싶었던 회사에 가는데, 전혀 기쁘지 않았다. 대기실에서 순서를 기다리는 동안에도 온통 한 사람만 생각하고 있었다.

"참가번호 1102번, 1103번, 1104번 들어오세요."

드디어 진의 번호가 불렸다. 크게 호흡하고 면접실로 들어갔다. 몇 개의 영어 질문과 까다로운 질문들에 신중하게 답하고 자리에서 일어났다. 무사히 면접을 마친 진은 합격 여부에 대한 미련은 접어두고, 급하게 온다고 들리지 못한 화장실부터 갔다. 잠시 후 거울 앞에서 명찰을 떼어내고 엘리베이터를 기다렸다. 면접 본 사람들이 내려오고 가는 동안 기다림이 길어졌다. 답답함을 이기지 못하고 비상계단을 찾아 하나씩 내려오는데, 익숙한 목소리가 들렸다.

"이게 다 강 대리님 덕분이죠. 덕분에 살았습니다."

"아니에요. 상민 씨가 일을 열심히 하니까 놓치고 싶지 않아서 그런 거죠."

익숙한 목소리의 호탕한 웃음소리가 그리움처럼 다가왔다. 적응된 이끌림으로 점점 그에게 다가가는 동안 그의 몸에 거리낌 없이 스킨십하는 그녀가 보였다. 진과 눈이 마주친 그녀는 전혀 부끄러워하거나 주춤거리지 않았다. 오히려 더 적극적으로 그에게 몸을 밀착했다, 그녀의 행동 때문에 불쾌함과 짜증이 났으나 무엇보다 회사가 아닌 여기에 왜 그가 있는지 궁금했다. 그런데 이제 물어볼 사이가 아니었다. 그들 사이를 비집고 지나가고 싶었지만, 그녀가 그를 자기 쪽으로 당겨 그럴 수 없었다. 그걸 노려보다 그만 발을 삐끗하고 말았다. 계단을 굴러가기 직전 익숙한 촉감이 느껴졌다. 그가 잡은 것이다.

"민…, 아니 고맙습니다."

그의 이름은 상민이었지만, 진은 '민 오빠'라고 불렀다.

"괜찮아?"

그가 나에게 다정하게 말을 걸자, 그녀의 표정이 일순간 일그러졌다. 그녀는 진을 유심히 바라보다 소리쳤다.

"이 여자예요? 상민 씨 전 애인?"

그 옆에 찰싹 붙어서 마치 현 애인처럼 굴며 진을 위아래로 훑어보았다. 상민은 일 때문에 어쩔 수 없이 그녀의 비유를 맞춰주고 있었지만, 자꾸 진에게 함부로 하는 모습에 화가 났다. 진이 그녀에게 무시당하여야 할 이유는 없었다.

"오늘은 덕분에 감사했습니다. 강 대리님. 저는 이만 가죠."

"아직 이야기 안 끝났어요. 겨우 고비만 넘긴 거잖아

요. 다시 들어가서 수습해야지 어딜 간다는 거예요?"

크게 한숨을 쉬었다.

"진아."

괜히 강 대리의 히스테리에 진이 상처받을까 걱정되었다. 여전히 그의 말투는 다정했다. 마치 어제 헤어지자고 한 적이 없던 사람 같았다. 그래서 더 화가 났다.

"그렇게 다정하게 부르지 마."

그 뒤로 상민이 뭐라고 했지만, 듣지도 않고 기숙사로 돌아왔다. 기숙사에서 여전히 잊히지 않는 그의 다정한 말투에 결국 자리를 박차고, 그의 집 앞으로 갔다. 당당하게 초인종을 누르고, 그의 이름을 외쳤으나 돌아온 대답은 의외였다.

"그런 분 없는데요."

"아니에요. 여기 오빠 집 맞는데!"

"여긴 학생이 오빠라고 불릴 만큼 젊은 사람 안 살아요."

당황하고, 어이가 없어 상민의 제일 친한 친구에게 전화를 걸었다.

"저기, 저 진인데요. 혹시 상민 오빠 이사 갔어요?"

그의 친구는 잠시 아무 말도 하지 않았다.

"너한테 말하지 말라고 했는데, 난 너도 알아야 할 것 같아서 말해줄게."

"뭘요?"

"상민이 아버지, 교통사고가 크게 나서 지금 병원에 있어. 생명에는 지장이 없는데, 상태가 많이 안 좋아서 지금 입원 중이셔. 상민이한테 아버지가 유일한 가족이잖아. 아버지 병원비 댄다고 집 팔고, 지금 병원에서 지내. 네가 상민이 곁에 있어 주면 안 돼? 걔 제대로 밥도 못 먹어서 살이 쭉쭉 빠지고 있어."

"몰, 몰랐어요. 고, 고마워요."

"병원 주소 문자로…."

무슨 정신으로 병원에 왔는지 기억나지 않았다. 오로지 상민을 봐야겠다는 생각으로 무작정 뛰었다. 곧장 상민이 있는 곳으로 갔다. 그는 얇은 츄리닝 차림으로 아버님의 얼굴을 닦아주고 있었다. 마지막으로 본 게 불과 몇 개월 전이었다. 그 사이에 아버님은 많이 변해 있었다. 말도 못 해 상민과 눈으로 대화했고, 식사는 코와 연결된 관으로 하고 있었다. 정말 살아 있다는 것이 기적이었다.

"민 오빠!"

진의 목소리를 들은 상민은 돌아볼 수가 없었다. 절대

보이고 싶지 않은 모습을 보인 것에 대해 미안했다.
그러나 진은 오히려 그런 그를 뒤에서 꼭 안았다. 6인
실 병실에 꽤 많은 사람이 있었다. 그런데 마치 짜기
라도 한 것처럼 커튼을 쳐서 자리를 비켜주었다.

"고작 이런 일로 나 찬 거야? 내가 그렇게 미덥지 않
았어?"

"아니야, 널 고생시키고 싶지 않았어. 넌 행복해야 하
니까."

"오빠가 없는데, 내가 어떻게 행복할 수 있어?"

그도 마찬가지였다. 진이 없으면 행복하지 않았다. 고
작 이틀 그녀와 헤어졌는데, 종일 후회하고 후회했다.
다시 그녀에게 돌아가고 싶었다. 간절함 뒤로 그러면
안 된다는 생각에 또 자책했다. 그런데 오늘 그녀를
만났다. 우연처럼 운명처럼 다시 만난 그녀는 행복해
보이지 않았다.

"미…."

"그래, 됐어. 거기까지만 해. 사과하지 마. 우리에게
어제와 오늘은 없던 일이야. 난 아무것도 못 들었어.
오빠도 아무 말 안 한 거야. 잊어. 오빠가 후회한 만큼
더 나 사랑해 줘. 그러면 돼."

마지막으로 후회 하나 더 해보겠습니다

바보처럼 착한 그녀 덕분에 행복했다. 한 번의 말실수로 잃을 뻔했던 가장 큰 보물을 다시 찾아서 다행이었다.

후회를 이겨낼 용기

후회는 시간이 지나도 온전히 남았다.
도전의 후회는 부끄러움만 남겼지만
죄책감의 후회는 상처가 되새겨졌다.

나는 상처가 되새겨지는 후회를 하고 있다.
그때 왜 내 감정을 표출하지 못했으며
왜 당하고만 살았는가. 하는 후회가 밀려와도
그마저도 이겨낼 힘을 내지 못해서
상처들이 덧붙여지는 거 같다.

나에게는 이겨내는 용기가 필요하다.
그래야 죄책감의 후회로
온전한 내가 사라지는 것을
막아 세울 수라도 있을 거 같다.

마지막으로 후회 하나 더 해보겠습니다

사랑, 미운 과거, 후회.

사랑하고 있어서 조금 슬퍼서
못 본 척하고 등을 돌린 그것에게 소리치면
사랑하고 있어서 조금 모르게
돌아보기는 하구나.

걸어가는 마당에 조금 숨차서
못 본 척하고 걸어가는 네 뒤에서 넘어지면
걸어가는 마당에 조금 멈춰서
돌아보기는 하구나.

돌아봐 주기는 하여서
하염없이 돌아가는 이 모든 굴레를
너는 후회라고 울부짖었고

돌이켜본다는 하여금
하염없이 돌아가는 이 모든 굴레에
나는 후회라고 웃어보았어

적적한 나날들은 돌아가는 나날들에
여전히 후회하는 우리들은
그 어떠한 모든 것에서도 이겨낼 수 없을까
사랑해서 걸어가서 돌아봐 주는 우리들은
서로를 미워해야만 했던 과거를
후회스럽다며 잡지도 놓지도 못한 채
어정쩡한 곳에서 슬퍼하는 거야.

마지막으로 후회 하나 더 해보겠습니다

사랑은

어떤 사랑이든
후회가 남는다

서로가 최선을 다해 사랑했더라도
나 혼자 애타게 했던 사랑이든
누군가에게 바람 없이 받았던 사랑이든
끝은 언제나 후회가 남는다

사랑은
정말 좋지만, 너무 아프고
소중하지만 여전히 잘 모르겠다

건네지 못한 마지막 인사, 남겨진 후회, 그리고 하늘에 닿기를 바라는 약속

당신이 지금 떠올릴 수 있는 기억 중, 가장 어린 나이의 기억은 몇 살인가요? 누구에게나 유아기 기억 상실이라는 현상이 존재합니다. 이는 약 5세 이전의 기억을 명확히 회상할 수 없는 현상입니다. 일반적으로 만 5-7세가 되면 좀 더 지속적이고 일관된 기억을 형성할 수 있습니다. 그런데 개인차를 감안하더라도 만 2세 무렵의 기억을 가지고 있는 것은 흔하지 않은 일입니다. 그러나 A 씨의 첫 기억은 만 2세에 시작되었습니다.

어린 시절의 기억들은 우리의 삶에 깊은 흔적을 남길 수 있습니다. 특히 그 기억이 충격적이거나 감정적으로 격한 사건과 관련이 있을 때, 우리의 무의식은 더 강한 영향을 받게 됩니다. A 씨에게 만 2세 경에 겪은 어린 여동생의 죽음은 그런 기억으로 남아있습니다. 그날의 사건은 마치 어제 일어난 일처럼 선명하고, A 씨는 그 사건에 대한 깊은 가책을 안고 살아왔습니다. 너무 어린 나이에 마지막 인사 한마디 건네지 못했고, 미완성된 그의 과제는 시간이 지나도 A 씨를 졸졸 따라다녔습니다. 자이가르닉 효과(Zeigarnik Effect)라고 불리는 이 현상은 우리의 뇌가 미완성된 일을 해결하려는 경향이 있음을 보여줍니다. 미완성된 상태가 불편함을 야기하고, 이를 해결하려는 동기부여가 목표 지향적인 행동을 촉진합니다. 마지막 인사를 전하지 못한 A 씨의 미완성은 지속적으로 후회를 증폭시켰습니다. 동생을 보호하지 못했다는 죄책감, 자기 때문에 일어난 사건이라는 자책감, 그리고 아직 함께한 시간이 너무나도 짧았다는 아쉬움까지… 미완성된 감정은 A 씨의 심리적 성장에도 큰 영향을 미쳤습니다.

퀴블러-로스 애도 단계(Kübler-Ross Grief Cycle)는 사람들이 상실을 경험할 때 겪는 감정의 복잡한 여정을 설명합니다. 다섯 단계로 구성된 이 개념에서 첫

번째 단계는 상실의 현실을 부정하는 것입니다. 아주 어릴 때 A 씨는 동생이 존재했다는 사실 자체를 부정했습니다. 동생이 존재한 적 없으니 동생의 죽음 또한 존재한 적 없었던 것입니다. 동생의 사진을 보면서 "얘는 누구야? 모르는 아인데?"라고 말했습니다. 그 말을 들은 부모의 마음은 상상하기 어렵습니다. 두 번째 단계는 왜 이런 일이 자기에게 일어났는지 억울함을 느끼고, 동생을 지키지 못한 보호자에 대해 분노가 차올랐습니다. 분명 부모가 자신보다 극심한 슬픔을 겪고 있다는 사실을 알면서도, 분노라는 감정은 여지없이 찾아왔습니다. 세 번째 단계에서는 상황을 바꾸기 위해 무엇이든 해보려는 절박함이 있었습니다. 극단적으로 자신의 영혼은 동생의 영혼이고, 지금 살아 있는 자는 A 씨가 아니라 동생이라고 여겼습니다. 이 신체는 A 씨의 육신이며, 과거에 A 씨의 영혼이 죽었다고, 희생했다고 믿었습니다. 그러나 현실을 직시하면서 네 번째 단계인 우울로 접어들었습니다. 이는 깊은 슬픔과 상실감으로 이어졌습니다. 스무 살부터 중증 우울증을 앓으며 수차례 자살 시도를 경험했고, 나이가 듦에 따라 양극성 장애로까지 발전했습니다. 어느 해 가을, A 씨는 일시적이지만 숨을 멈추는 데 성공했습니다. 응급처치를 적시에 받아 생명에는 지장이 없었지만 주변 사람들의 마음을 너무나 아프게 했습니다. 그제야 비로소 애도의 마지막 단계가 시작될 수 있었습니다.

수용 단계에서는 상실을 받아들이고 삶을 이어 나갈 준비를 하게 됩니다. 그릇된 감점들을 치유하고 자신을 돌보는 방법을 찾아야 한다는 것을 깨닫습니다. 마음 챙김을 통해 현재의 순간에 집중함으로써 과거의 후회에 얽매이지 않으려 노력하고 있습니다. 자신에게 너그러움을 베풀고, 실수나 미완성된 감정을 받아들이는 것이 중요하다는 것을 배웠습니다. 동생의 죽음은 여전히 커다란 상처로 남아 있지만, 이제 그 상처를 치유의 출발점으로 삼고자 합니다. 미완성된 과제를 완성하고, 후회를 해소하기 위해 자신을 돌보는 과정을 시작했습니다. 이러한 경험을 통해 얻은 통찰은 앞으로의 삶에서 A 씨에게 중요한 지침이 될 것입니다. 나, A는 우리 동생의 기억을 가슴에 품고, 그를 기리며 살아갈 것입니다.

지구

지구는 내가 살아갈 만한 곳이 아니라니까

내가 지구 녀석보다 먼저 태어났어야 했어

마지막으로 후회 하나 더 해보겠습니다

물

쏟아버린 물을 후회하지
흐르는 물은 후회하지 않지

네 인생은 쏟아버린 물이야, 흐르는 물이야?

물음표를 던진다

미안해

더 자주 인사 건네지 못한 것
더 예쁜 말을 해주지 못한 것
너의 안부를 물어주지 못한 것
너의 얘기를 들어주지 못한 것
네 삶을 멋지다고 응원해 주지 못한 것
네가 좋은 사람이라 알려 주지 못한 것
내 마음을 조금이라도 더 주지 못한 것
좀 더 머물다 가라고 말해주지 못한 것
마지막 가는 길을 함께해 주지 못한 것

미안해
후회뿐인 나라서

마지막으로 후회 하나 더 해보겠습니다

내가 네게 건넨 말과 마음에는

끝내지 못해 끝없이 네게 건넨 서러운 말들
예쁘고 아름다운 문장이 나오지 않는 이유는
내 마음이 예쁘고 아름답지 않기 때문이겠지
하지만 네게 건넨 말에는 하나의 거짓도 없었어
알아 그래서 아팠겠지
그치만 내 마음도 편치 않았다고
그치만 또 네가 편하길 바라지도 않았다고
후회되는 건 없어
내 마음을 조금도 남김없이 네게 쏟아부었으니
내가 네게 건넨 마음에는 하나의 거짓도 없었어

얼굴

다리를 건너면 기억이 사라진다 해도
딱 한 번만 보고 가고 싶다

만약에, 정말 만약에
기억이 사라지지 않는다면
그녀의 얼굴 한 번만 보고 가도 될까

오래전에 보아 서서히 사라져가는
웃음이 많던 그 얼굴.
한 번만 보고 갈게

후회가 된다 해도 좋아
못 보고 가는 게 더 큰 후회가 될 테니

마지막으로 후회 하나 더 해보겠습니다

후회의 잔향

그대는 후회하고 있나요
나는 후회하고 있는데

그대는 그리워하고 있나요
나는 그리워하고 있는데

꺼진 초의 잔향이
옅어지지 않고 점점 짙어져

소설 같던 지난날이
오늘날엔 시가 되어 이어지고 있어요.

짐, 헤어짐

또 나만 신났지
만난 게 좋았지
젓가락 두 짝이 똑같은 게
무엇이 같은지 알았던 때

또 나만 몰랐지
등 뒤에 숨겼지
다 다른 모양의 서로에게
꼬집어 말하진 못하겠네

또 만나 했었지
울어선 안 됐지
방 안을 채우는 이별 냄새
지그시 벌어진 마음 틈새

마지막으로 후회 하나 더 해보겠습니다

후회라는 이름의 명작

후회도 멋지게 기억하면 작품이다. 인생을 살다가 보면, 누구나 다양한 이유로 다양한 실수를 하는 것 같다. 그중에서도 변명의 여지가 없이 본인만의 잘못으로 일을 그르치면, 그 일은 마치 값비싼 물감과 종이를 구매해 두고는 어처구니없는 실수로 망쳐버린 그림처럼 기억에 오래 남는다. 심지어는 너무 비싼 탓에 아까워서 버릴 수도 없는 그 그림은 '네가 저지른 실수로 사람들은 널 영원히 모자란 사람으로 보게 될 거야.'하고 듣기 싫은 소리를 하는 것만 같다.

하지만 아니다. 절대 자신을 낮출 필요가 없다. '아 그때 딱 오 분만 더 고민해 보고 결정할걸', '딱 한 번만 물어보고 진행할걸'과 같은 실수들은 다음에 오 분만 더 고민해 보면 되고, 딱 한 번 다시 물어보고 진행하면 된다. 그렇게 실수를 잊지 않고 잘 기억해 두며 계속 배워나갈 점을 찾아내고, 내 힘으로 만드는 것이 중요하다. 그러고 나면 당신의 소중한 자기 존재감을 깎아 먹고 있었던 '졸작 중의 졸작'은 반대로 두고두고 보고 싶은 인생 명작이 될 것이다.

어려웠던 사랑

과거의 내 모습을 바라보면서
나를 점점 닮아가는 오늘의 너에게

사랑이라며 다가서면 어려워할까
관심이라며 옆에 서면 부담스러워할까

어렵지만 풀고 싶은 고민 속에서
나를 닮지 말아 달라는 작은 위로를 건넨다

수어지교

멋대로 물에
숨어들어온 물고기는
물가를 잔뜩 헤집어
어지르다 사라졌다

물은 침묵했다
물고기는 죽었다

수어지교였던 그들은

물고기를 수장시키고서야
침묵했다

후회만 남긴 채

마지막으로 후회 하나 더 해보겠습니다

후회하기엔 늦었지

어떤 일이든지 잘못하고
또 그 일을 해결하지 못해
끙끙 앓다가 지나가는 인생
후회하기엔 늦었지

좋은 인연이라 생각해서
만난 인연이 별로라는
생각이 들 때는
후회하기엔 늦었지

이 세상 살아가면서
좋은 일, 나쁜 일, 다양한 일들이
있어도 다 나중엔 이렇게
해결하지 못한 게
후회하기엔 늦었지

후회의 길목에서

지나간 바람은
돌아올 줄 모른다 했지만,
나는 여전히 그 길목에 서서
흩어진 흔적을 찾는다.
잡지 못한 손끝의 떨림,
말하지 못한 한마디의 떨리는 숨결.
그 모든 것이
지금 내 가슴에 무겁게 내려앉아
작은 파도가 되어 밀려온다.
만약 그때로 돌아간다면,
다른 말을 할 수 있었을까?
다른 선택을 할 수 있었을까?
그러나 시간이란
오직 앞으로만 흐르는 강물,
뒤를 돌아보아도

마지막으로 후회 하나 더 해보겠습니다

손에 닿는 것은 텅 빈 그림자뿐.

후회는 나의 그림자,

언제나 뒤따라오며

빛을 비출 때마다 더 선명해진다.

하지만, 그 그림자가 없었다면

지금의 나는 어디에 서 있을까.

아픈 마음을 안고서도

나는 또다시 걸어간다.

후회의 길 위에서

희망이라는 이름의 작은 씨앗을 심으며.

후회 뒤편 숨겨진 욕심

후회 이 두 글자는 어쩌면 밥 먹듯이 자주 하는 것이 아닌가? 평균의 사람들은 하나를 선택하고 선택하지 못한 것에 대해 후회를 하고 산다. 나 역시 다르지 않다. 하나의 선택 후, 왜 후회라는 두 글자가 꼭 세트처럼 따라오는 것일까? 내가 욕심이 많아서 후회하게 되는지도 모르겠다.

고3 시절 담임의 조언대로 국문학과에 원서를 넣었다면 난 과연 후회하지 않았을까? 결혼하지 않고 살았다면 나는 더 행복한 인생이었을까? 인생에서 후회하지 않고 사는 사람이 있기는 할까? 신도 어느 정도의 후회는 하는 것이 아닐까? 그랬으면 좋겠다. 나만 이렇게 많은 후회를 하고 사는 것이라면 왠지 속이 쓰릴 것 같다.

아이들이 초등학교 고학년이 된 엄마들은 하나둘 아르바이트를 하거나 자신의 일거리를 찾아 떠났다. 왠지 나만 덩그러니 혼자 남아 글 나부랭이를 끄적이고 있는 외로움에 빠질 때가 많다. 그래도 나는 계속 쓰기로 한다. 내가 가장 좋아하는 일을 마흔이 넘어서 시작할 수 있다는 것은 누구에게나 주어지는 일이 아니니까. 할 수 있을 때 해야 후회하지 않는다.

그러나 쉼표를 찍을 땐 찍어야 한다. 무조건 직진만 한다고 후회 없는 삶이 되는 건 아니더라. 나는 어쩌면 내가 하고 싶은 것에 대한 욕심이 과했던 건 아닌가. 하고 후회를 한다.

어린이집에서 아이들을 맡아줄 때는 아침 9시 30분부터 4시까지는 내 시간이었다. 적당히 청소하고 내가 가고 싶은 곳으로 쉬지 않고 움직였다. 그것이 내가 거주하는 인천이든 거리가 있는 서울이든. 나는 아버지 유전으로 당뇨와 같이 살아야 했다. 부지런한 습관이 도움이 된다 생각하고 열심히 움직였다. 그러나 움직인다고 다 되는 것이 아니었다. 정기적인 피검사

와 적당한 휴식을 챙겨야 하는 것인데, 약만 받아오고 열심히 식단과 운동만 했다. 핑계를 대자면 아이들의 병원 진료가 더 중요했다. 어릴 때는 동인천 기독병원 vip로 소아과에서 살았다. 그러다 보니 나의 건강은 뒤로 밀려나고 점점 방치되었다. 그때 아이들이 아닌 나를 챙겼다면, 나는 지금 인슐린이라는 영양주사를 맞지 않았을까? 그래도 뒤늦게라도 좋은 병원을 다시 만나고 나는 안정적인 건강 관리가 되고 있다.

하루아침에 한겨울의 느낌이 드는 2024년 11월 18일 월요일 아침 등굣길, 나는 아들 쌍둥이 맘이다. 그중 작은 아이는 자폐성 장애로 복지카드를 소지하고 있는 일반 학교 도움반에 다니는 아이다. 너무 추워진 아침 큰아이와 작은아이를 데리고 등굣길 횡단보도 앞에서 오들오들 떨고 있었다. 그 때 였다. 늘 신호를 잘 지키던 작은아이가 빨간불인데 성큼성큼 길을 건너갔다. 나는 머릿속이 새하얗게 변해 아이의 이름 석 자를 외치고 소리를 질렀다. 아이는 놀라서 얼른 돌아왔지만 엄마 미워, 라고 말하고는 눈물을 흘렸다. 나도 너무 놀란 나머지 화내듯 소리를 질러버렸다. 그제야 우는 아이를 안아주며 엄마도 놀라서 소리를 질렀다고 설명을 해주고 그래도 빨간불은 멈추고 초록불에 건넌다고 말해주었다. 혹여 그때 차라도 지나갔다면 정말… 생각하기 싫은 일이다.

안전 체험관으로 가서 심폐소생술 강의를 들어야겠다. 어떻게 될지 모르는 세상이다.
그리고 아이들은 앞으로도 내가 쭉 등하교를 할 생각이다. 오늘 아침 1차 잘못은 작은아이 2차 잘못은 나와 큰아이지만, 3차 방관자들이 있다.

교통 봉사 도우미분과 스무 명쯤 되는 같은 학교 학생들. 어째서 나 말고는 아무도 위험하다고 말해주지 않았을까? 무섭다. 지독히도 이기적인 세상이다. 나는 그 누구도 믿을 수 없기에 더욱더 나를 단련시킨다. 아이들은 내 힘으로 반드시 지켜내고 싶다.

마무리를 지어본다. 후회는 마치 그림자와 닮았다. 떼려야 뗄 수 없는 참 이상한 관계. 어쩌면 후회는 욕심의 싹에서 자라나는 줄기가 아닐까? 애초에 욕심을 내지 않아야 후회도 자라나지 않겠지. 그러나 그 욕심이라는 두 글자를 잘라버리면 새로운 변화와 도전이라는 글자도 사라진다. 적당한 욕심을 키운다. 그리고 판단을 잘해야 한다.

이제 마흔하나의 선을 넘기 전, 나는 후회하지 않게 더 열심히 1분 1초를 즐겁게 살기로 했다. 이왕이면 나를 사랑해 주는 사람들과 함께! 내가 사랑해 줘야 할 아이들과 함께! 그러나 그전에 나부터 나를 사랑할 줄 아는 사람이 되어보기로 한다.

후회의 가시

후회가 목구멍에 있다.
가시처럼 박혀 떨어지지 않는다.

사소한 일로 투정을 부린 그때
선택의 갈림길에서
성큼성큼 나아간 그때
박혀 버린 가시 한 마디

목구멍에 걸린 후회가
몸속에서 소화되려면
더없이 덧없는 세월을 마셔야 한다.

돌이킬 수 없는 날들

돌이킬 수 없는 날들이 등 뒤로 어깨를 두드릴 때
후회란 이름의 짙은 그림자가 발끝에 드리워져도
수많은 불확실함 속에서도 눈을 감지 않았던 우리

과거로 돌아가도 다른 길을 택할 것 같지 않아
하루가 반복되어도 우리는 또 같은 길을 걷겠지

다른 선택을 했다면 지금의 나는 더 나았을까
답을 찾지 못할 질문들은 한쪽에 접어 두고
지나온 시간의 무게도 우리의 일부라 믿기로 했다

돌아갈 수 없음을 아는 대신 앞으로 나아가는 법을,
언젠가 지금의 후회마저 담담히 꺼내 볼 수 있을 만큼
흐린 하늘 아래에서도 걸음을 멈추지 않는다면

마지막으로 후회 하나 더 해보겠습니다

다시 돌아간다 해도 다르지 않을 오늘을
어느 날은 사랑할지도 모른다

쿵_후회, 그 파편의 조각 1

쿵

떨어졌다.
낭떠러지였다.
바로 일어날 수 없었다.

사실 어느 정도 예상은 했었다.
이 정도일 줄은 몰랐지

뛰어내리라고 말하길래 난 그게 당연한 줄 알았다.
이 상황을 아무한테도 말하지 말라길래
그것도 난 당연한 줄 알았지.
아래로 내려가면 데리러 온다길래
그것도 믿었다.

못 미더웠지만 그래도 설마라는 생각으로 믿었거든.
아니, 믿고 싶었나

아래를 봤을 때 바닥이 보이지 않았다.
날이 흐려서 너무 습해서 안개가 끼니까
그래서 안 보이는 줄 알았지

무서웠는데 괜찮을 거라고 생각했다.

뛰기 전 그 사람을 한 번 더 보았다.
축 늘어진 어깨에 발끝을 바라보는 눈
금방이라도 울 것 같았다.

미안하다는 말을 그 사람에게 처음 들었다.
안쓰러운 마음이 들었다. 불쌍했다.

절뚝거리는 다리를 이끌고, 빠진 팔을 붙잡고 있는 나를
그가 손으로 떠밀며
뛰라는 말에 진짜 그냥 뛰었다.
"이번이 마지막이야 이제 그만해 알겠지?"

"아니... 계속해야 성공할 수 있어"

그 마지막 말을 듣고 떨어졌다.

다리는 꺾이고, 머리가 깨질 듯 아프고, 숨을 쉴 수 없었다.
그것보다 더 심각한 건 심장이었다.

심장 소리가 멎었다.

쿵
쿵
쿵
쿵

작게라도 들리던 심장 소리가 사라졌다.
이번엔 진짜 일어날 수 없었다.
심장이 멎은 것보다 마음이 찢어진 게 더 아팠다
밑에서 본 위는 더 끔찍했다.

마지막으로 후회 하나 더 해보겠습니다

그 사람은 아래를 보고 있었다.
표정을 읽을 순 없었지만

아마 보고는 있었을 거야
기다리고 또 기다렸다.
그래도 손을 뻗으며 일으켜 주겠지
아래로 내려는 올 거야
적어도 고맙다, 괜찮냐 물어는 보지 않을까?

적막이 흘렀다.
너무 큰 기대를 했나, 뛰어내리면서 고막이
찢어졌을 수도 있어
아니야 그래도 마지막으로 한 번만 더

그래서 내가 먼저 소리쳤다.
"나 괜찮아! 우린 괜찮을 거야"
그러자 이제서야 목소리가 들렸다.
"고맙다"

그리고 발소리가 멀어졌다.

위에선 세 사람의 웃음소리가 들렸다.

아
내가 뭐 한 거지

이젠 일어나기 싫었다.
소리 내서 울 수 없었다.
나만 조용히 있으면 세 사람 모두 행복하겠지

올라갈 수도 없었다.
올라가면 내 상처가 다 보이니까
슬퍼할 다른 사람이 뻔하니까
그렇게 와해되겠지

어둠만 보고 있는데
위에서부터
그리고 점점 가까이 나를 부르는 소리가 들렸다.

"어디 갔어?"
"왜 안 보여?"

발소리가 점점 더 가까워졌다.

"왜 이렇게 많이 다쳤어"

그녀의 목소리는 젖어있었다.

나는 일어나지 못하고 애써 웃었다

"왜 일어나질 못해"

그렇게 말하는 그녀는 울고 있었지만

그의 손을 붙잡고 있는 그녀의 손을 보고

나는 그들에게 아무 말도 할 수 없었다.

그는 그냥 나를 보고만 있었다.

아 아니다.

내 손에 밴드 하나는 쥐여주긴 했지

진짜 그만두고 싶다.

그렇게 시간이 좀 흐르고

난 겨우 앉아 있었다.

다리가 너무 욱신거렸다.

인기척이 들리길래 고개를 돌렸다.

또 그였다.

"한 번만 더 내려가 줘. 이번엔 진짜 데리러 갈게"

이젠 그 말을 듣고 싶지도 믿고 싶지도 않았다.

나와 그 사이엔 이제 아무것도 남지 않았다.

"난 이제 일어설 수도 없는걸"
그가 그냥 돌아갔다.
-

그냥 멀리 떨어져 있는 게 낫겠어
그 누구와도 함께 있고 싶지 않아
어둠 속에서 실컷 후회하고
미련을 버렸다.
이미 지나간 일이야
너무 늦었어
근데 이제 그가 그녀를 밀어버리면 어쩌지
다리가 너무 저리다

마지막으로 후회 하나 더 해보겠습니다

툭__후회, 그 파편의 조각2

툭

잎 하나가 피어났다.
드디어 두꺼운 흙을 헤치고
여린 연두색 잎이 고개를 내밀었다.

내가 두 눈 꼭 감고 기도했던 그 잎이다.

씨앗을 심을 때
계속 고민하고 고민했다.

이게 맞는 걸까,
내가 이래도 될까?

내가 아무런 반응 없이 미소만 짓고 있어
답답해하던 그녀에게 주기 위한 미안함의 해바라기
였다.

그녀는 낭떠러지 아래의 어둠을 매일같이 찾아왔다.
상처 난 곳에 덧나지 말라고 약을 발라주면서도
입을 열지 않는 나를 평소와 같은 시선으로 묵묵히
치료했다.
그녀가 답답해도 애써 웃는 모습에 더 마음이 아렸다.

다그치기보단 궁금함을 꾹 참고 견디며
나를 믿고 기다렸다.

컴컴한 어둠 속에 앉아
나는 그 싹을 보며
아름답게 피워져야 할 텐데라고 생각했다.
뜨거운 태양이 주변 땅을 바짝 말릴 때면
얼른 가서 물을 부어주고
걷잡을 수 없는 비바람이 몰아칠 때면
온몸으로 막아 보호해 줬다.

마지막으로 후회 하나 더 해보겠습니다

어둠 속에 있을 땐
저 높은 하늘만을 바라보는 해바라기 옆을 지키며
나는 그들 생각만 하였다.

머릿속 먹구름은 사라지지 않았고
이런 일을 저지른 내가 너무 미웠다.

해바라기가 점점 자라 내 머리까지 닿았을 때
난 그녀에게 마냥 즐겁게 줄 수만은 없었다.

내가 피워낸 해바라기가 볼품없이 느껴졌고

또 떨어지기 전 있던
낭떠러지 위의 공간에 대한 소식을
전혀 들을 수 없었기 때문이었다.

그렇게 혼자서 고민했다.
아, 내가 이젠 위로 올라가도 될까.
그렇게 답답함을 가두고 또 가두다가
답답함이 목을 움켜쥘 때

한 아이를 불렀다.

"아이야, 잠깐 내 이야기 좀 들어줘."
물기를 머금은 내 목소리를 듣고
한 아이가 내려왔다.

"무슨 일이야?"
아이는 당황한 기색이 묻어난 목소리로
나에게 질문을 건넸다.

"내가 피워낸 해바라기가 있는데
그녀에게 너무 전해주고 싶어."
난 간절함을 담아 이야기를 하며 울 수밖에 없었다.
투명한 물방울 속 아이를 보니
이상하게도 꾹 참아 냈던 울음이 터져버렸다.

울면서 이야기하는 나를 보고 아이는 침묵을 지켰다.
그 아이의 침묵을 보며
나는 후련함과 동시에 후회했다.

마지막으로 후회 하나 더 해보겠습니다

아 내가 소중한 사람에게 또 짐을 쥐여줬구나.
그래서 그냥 아이에게 저 위로 올라가라고 말했다.

그러나 그 말은 들은 아이는 다른 말을 해주었다.

"와, 해바라기가 정말 예쁘다.
내가 대신 알려줄게 여기 예쁜 해바라기가 있다고"
아이는 나보다 어렸지만 차분하고 성숙했다.
이때
그저 어려 보였던 아이의 든든함을 알게 되었다.

아이에게는 고마운 마음과 미안한 마음이 들었다.
꼭 내가 해야 할 일을 떠넘긴 것 같았다.

해바라기가 있다는 소식을 전해 들은
위의 공간은 어땠을지 모르겠지만
초조하고 조용한 적막 속에서의 기다림은
달도 별도 없는 밤하늘이었다.
그 어둠을 깬 것은 저벅저벅 조심스러운 발소리였다.
그녀가 평소보다 조심스레 내려와

나를 꼭 안아주었다.
그녀의 품은 마지막 포옹보다 더 포근했다.

"내가 지금까지 본 해바라기 중에 가장 아름다워.
미안하고 또 고맙다."
그녀의 목소리는 한없이 가라앉아 있었지만
다정함이 묻어있었다.

그 따뜻함에 용기를 얻은 나는
무거운 발걸음을 떼어
해바라기와 함께 올라갔다.

지금 그곳의 해바라기는 다른 어느 꽃보다 더 찬란하
게 빛이 난다.

더 사랑받으며
더 아름답게
더 견고하게

모두가, 자라나길 희망한다.

우울함에 갇힌 순간_후회,
그 파편의 조각_3

우울함에 갇힌 순간 정적이 된다.
모든 것이 무료하고 지겹다.

갑자기 가라앉은 기분은 계속 내려가기만 할 뿐
올라올 생각이 전혀 없다.

기분을 끌어올려 보려고 안간힘을 쓴다.
그렇지만 소용이 없다.
이 우울감은 어디에서 시작된 것일까.
우울함에 잠기다 보면 그 순간에 빠져 잠식되고 만다.

그 속에 빠지다 보면
어떤 이유로 시작되었는지도 모르고
끝은 더욱 알 수 없다.

빠져나올 시도조차 하지 않은 채
그 안에서 허우적거리며 결국은 포기한다.
아무도 우울의 늪 속에서
나를 붙잡고 있지 않지만 그 상태를 체념한다.

우울감은 누구나 있고 또 빠져나오고 싶다면 언제든
헤쳐 나올 수 있다.
도움이 필요하다면 주변 사람의 도움을 받는 것도 좋
은 방법이다.

포기하지 말자.
피하지만 말고 마주하자.
그러기엔 빛나는 당신이 너무 아깝다.

마지막으로 후회 하나 더 해보겠습니다

실수는 깨우침

짧은 인생이라고 할 수 있지만 그 시간 동안 실수를 해보지 않는 이는 없을 거다. 실수의 감당이 되느냐 안 되느냐의 차이 내 삶에서도 크고 작은 실수가 있었지만 최근 들어 감당하기 벅찬 실수에 많이 힘들어했고 후회의 시간을 지금도 진행 중이다. 때늦은 후회 마음을 다시 잡고자 하루하루 명상, 책, 강의, 운동, 직장생활 실수를 만회하기 위해 아니 잊기 위해 달린다. 삶은 뭔가 부족할 때 채워주기도 하지만 내가 가진 것에 감사할 줄 알아야 한다.

감사함을 모른 채 욕심을 내고 있다.

또 다른 도전에 필요한 마음이지만 과하다면 비바람에 맞설 수 있어야 된다.

난 부족했었다. 비바람에 우수수 떨어지는 낙엽과도 같으니 말이다.

실수는 후회의 감정도 들지만 또 다른 배움을 얻는다는 생각에 다시 일어설 수 있다고 생각하며 깨우침으로 얻은 희망을 하나둘 놓지 않을 거다.

마지막으로 후회 하나 더 해보겠습니다

찢어진 페이지

각자의 자리에서 일을 한 지도 6년이라는 시간이 지났다. 그날도 회사에서 일을 하고 있던 때였다. 그러다가 '띠링' 하며 새로운 단체 메시지 방에 메시지가 왔다. 그 메시지에는 "나 지우야! 이번 주 주말에 카페에서 만나자, 할 말이 있어!" 지우였다. 다행히 이번 주 주말에 아무 약속이 없어 그 메시지에 답장을 보내고 다시 일에 집중했다. 그러고 며칠 뒤, 토요일이 다가왔고 시간에 맞춰 카페로 갔다. 도착 후, 그곳에는 지우, 준혁, 예림이 모여 있었다. 애들이 있는 곳으로 가기 위해 발을 움직이려는 그때였다. 예림이와 눈이 마주쳤고 먼저 인사를 해주었다. "오, 민재까지 왔다. 빨리 와!" 예림의 말에 나머지 두 명도 나를 바라보았다. 그들에게 인사를 건네고 바로 그곳으로 갔다. 그다음 남은 자리에 앉았다. 그리고 내가 자리에 앉자

마자 지우가 입을 열었다.

"애들아! 나 해주에게 프로포즈할 거야. 너희가 도와
줬으면 좋겠어."

그 순간, 지우의 말은 내 귀에 들어오지 않는 듯했다.
나는 그저 멍하니 그의 얼굴을 바라보았다. 예림과 준
혁은 이미 설렘에 가득 차서, 프로포즈 준비를 어떻게
할지 빠르게 대화하고 있었지만, 내 안에서는 아무것
도 들리지 않았다. 오직 해주라는 이름만이 내 머릿속
을 돌고 있었다.

"해주에게 프로포즈를 한다고?" 그 말은 내게 마치
뜬금없는 일이었다. 지우는 해주와의 관계에서 정말
그렇게 중요한 자리를 차지할 수 있을까? 그때 내가
할 수 있었던 건 단지 후회뿐이었다. 왜 내가 해주에
게 그 마음을 전하지 않았을까? 왜 그때, 한 번이라도
용기를 내지 않았을까? 그렇게 지나가 버린 시간이
너무 아쉬웠고, 이제 그 아쉬움이 나를 조여왔다.

마지막으로 후회 하나 더 해보겠습니다

"민재, 왜 그래? 대답 좀 해봐!" 예림의 말에 정신을 차렸다. 나는 그제야 고개를 끄덕이며 아무 말도 못 하고 고개를 숙였다. 내가 이 자리에서 무슨 말을 해야 할지 몰랐다. 지우는 여전히 프로포즈를 위한 계획을 말하고 있었고, 준혁은 그 계획을 적극적으로 지원하고 있었다. 나는 그저 그들을 바라볼 수밖에 없었다.

"그래, 너희가 도와주면 정말 고마워."

지우는 그렇게 말하며 나에게도 눈을 맞추었다. 그 눈빛은 마치 내가 당연히 도와줄 거라고 믿는 듯했다. 하지만 나는 그 순간, 어떻게 해야 할지 몰랐다. 내가 해주에게 했어야 할 말들이 머릿속에서 떠오르고 있었지만, 이 순간 그것을 말할 수는 없었다. 나는 그저 아무 대답도 하지 못한 채, 자리에서 눈을 떼지 못했다.

"민재, 괜찮아? 무슨 일 있어?" 준혁이 내게 물었다. 그 질문에 나는 급하게 고개를 들어, 그들의 시선을 피했다.

"응...그냥, 좀 생각이 많아서."

그렇게 시간이 흘러가면서, 나는 점점 더 마음속으로 갈등이 깊어졌다. 지우는 지금 그 순간, 해주와의 미래를 계획하고 있었고, 나는 그 모든 것을 축하해 주어야 했다. 그렇지만 내 마음은 그것을 축하할 준비가 되어 있지 않았다. 나는 여전히 해주를 사랑하고 있었고, 그 사실을 인정하는 것조차 힘들었다.

"아무튼, 너희들 덕분에 너무 고마워."

지우는 진심으로 감사한 듯 말했다. 나는 그가 얼마나 해주를 사랑하는지, 그 진심을 알 수 있었다. 하지만 나는 그 사랑이 해주와 나 사이의 시간을 지워버릴 수는 없다는 것을 알았다. 나는 그녀를 사랑했고, 그 사랑이 아직도 내 안에 살아 있었다. 그 사랑을 내가 놓쳤다는 사실을 인정하는 것이 너무 고통스러웠다.

점차 카페의 분위기는 더 편안해졌고, 예림과 준혁은 그들의 도움을 어떻게 줄지, 구체적인 계획을 세우기

마지막으로 후회 하나 더 해보겠습니다

시작했다. 나는 그들과 함께 앉아 있으면서도, 그들의 대화가 나에게는 그다지 중요한 일이 아니었다. 내 머릿속은 온통 해주로 가득 차 있었다.

"민재, 너도 꼭 도와줘. 우리가 이렇게 서포트하면, 해주도 분명 감동할 거야."

준혁이 다시 한번 말을 걸었다. 나는 겨우 입을 열었다.

"응...알겠어."

그러나 내 마음속에서 나는 진심으로 그것을 원하지 않았다. 내가 그녀에게 전하고 싶었던 말을, 이제는 지우가 그녀에게 전달할 순간이 온 것이다. 나는 그저 지켜볼 수밖에 없었다.

그날, 카페를 나서면서 나는 더 이상 그들을 따라갈 수 없었다. 내 발걸음은 무겁고, 마음은 마치 짐을 지고 있는 듯했다. 지우의 프로포즈가 성공하기를 진심으로 바란다고 말은 했지만, 내 마음 깊은 곳에서는 그 바람이 나를 속이고 있다는 것을 알았다. 나는 그들이 행복한 미래를 만들 수 있도록 도와주어야만 했지만, 동시에 내 안에서 싸워야 했던 마음이 있었다.

시간이 흘러 지우와 해주가 결혼을 하는 날이 왔다. 몇 시간이 지나고 결혼식은 아무 탈 없이 끝이났고 집으로 돌아가는 길이었다. 그저 빈 마음을 가지고 말이다. 거리의 가로등 불빛이 희미하게 나를 비추었고, 그런 불빛들 속에서 나는 마치 어디론가 길을 잃은 사람처럼 걸어갔다. 마음속에서 후회가 꿈틀거렸지만, 그것을 어떻게든 떨쳐낼 방법을 찾을 수 없었다. 그냥...나쁜 생각만 계속 떠올랐다. 왜 나는 그때 해주에게 마음을 말하지 않았을까? 그런 생각이 머릿속에서 되풀이되며 나를 괴롭혔다. 그날 카페에서 지우가 프로포즈를 준비한다고 했을 때, 내가 어찌할 바를 몰랐던 건 그저 단순한 당황이 아니었다. 그것은 내 마음속 깊은 곳에서 느껴지는, 숨길 수 없는 감정의 흐름이었다. 내가 그녀에게 해주지 못한 말들, 그 말들이 나를 더 가슴 아프게 만들었다. 그때 내가 그녀에게 다가갔더라면, 지금 이렇게 후회하지 않아도 됐을까?

마지막으로 후회 하나 더 해보겠습니다

해주는 지우와 결혼하게 되었고, 나는 그들에게 축하의 말을 건네면서도 내 안의 이 얄궂은 감정을 완전히 숨길 수 없었다. 정말 축하하는 걸까? 그런 물음이 계속 떠오르는 내 자신을 발견하면서, 나는 더 이상 내가 정상적인 감정을 느끼고 있는지 의문을 가지기 시작했다. 해주와 지우의 결혼이 그들에게는 아름다운 시작일지 몰라도, 나는 그 시작을 지켜보면서 마치 지나간 시간들을 떠올릴 수밖에 없었다.

'지금도 여전히 그녀를 사랑하는 걸까?'

결혼식에서 해주가 지우를 바라보는 그 눈빛, 그 순수한 미소는 여전히 내 안에서 깊은 여운을 남겼다. 그 미소를 보고, 나는 알게 되었다. 내가 해주를 얼마나 오래 사랑했는지, 그 사랑이 얼마나 깊었는지, 그 감정을 여전히 내가 놓지 않았다는 것. 내가 해주에게 전달하지 못했던 마음은 지금도 나를 따라다니고 있었다.

하지만 이제 그 마음을 되돌릴 수는 없다. 해주는 이

미 지우의 아내가 되었고, 그들은 이제 함께 미래를 향해 나아가고 있었다. 그들 앞에 펼쳐질 행복한 시간이 있을 것이다. 나에게 그 시간은 더 이상 기다려지지 않게 되었다. 나는 그들이 행복해지기를 바랐지만, 동시에 그 행복을 나와는 전혀 상관없는 일로 느끼고 있었다.

왜 나는 그때 더 용기를 내지 않았을까?

그 질문은 머릿속에서 끝없이 맴돌았다. 만약 내가 그때 해주에게 내 마음을 말했더라면, 나는 어떻게 되었을까? 그녀는 내게 돌아왔을까? 아니면, 우리가 함께 있을 수 있었을까? 내 안에서 그 모든 가정이 일어나지만, 그것들은 결국 허상에 불과했다. 아무리 상상해도 나는 그때 그녀에게 다가가지 않았고, 결국 우리는 다른 길을 걷게 된 것이다. 그게 너무 억울하고, 아프고, 원망스럽게 느껴진다.

'지금도 너무 늦은 걸까?'

마지막으로 후회 하나 더 해보겠습니다

나는 가끔 그런 생각을 한다. 어쩌면 내가 해주를 잃었다는 사실을 받아들이는 게 더 나은 것일까? 아니면, 그때 다시 한번 용기를 내서 그녀에게 내 마음을 전했더라면, 조금이라도 달라졌을까? 하지만 이미 지나버린 일이다. 내가 어떤 말을 해도, 그녀는 지우와 결혼했다. 나의 후회는 이제 아무 의미도 없고, 그저 나를 괴롭히는 그림자에 불과하다.

나는 결국 집에 도착했다. 문을 열고 들어가서, 따뜻한 물을 마시며, 부엌의 불빛을 어렴풋이 바라보았다. 거기서도 여전히 내 마음속에서 그 후회의 감정은 사라지지 않았다. 나는 여전히 해주와 함께했던 시간을 떠올리고, 그 시간 속에서 내가 얼마나 소홀했었는지, 얼마나 게을렀는지를 되짚어봤다. 그때 내가 조금만 더 마음을 표현했더라면, 지금의 내가 아니라 다른 내가 있을 수도 있었을까?
'만약 그때, 내가 다가갔다면...'

그 질문이 다시 머릿속을 떠돈다. 그런 생각들이 나를 잠 못 들게 만들었고, 나의 마음속에는 끝없는 후회와 미련이 떠나지 않았다. 나는 이제 더 이상 해주와 함께할 수 없다. 그녀는 이미 지우의 아내가 되었고, 나는 그저 그들의 결혼을 지켜보는 사람일 뿐이다. 그런데 왜 나는 이렇게 후회하는 걸까? 왜 나는 이 마음을 버리지 못하는 걸까?

결국, 나는 침대에 누워도 눈을 감을 수 없었다. 내 마음속에서 울려 퍼지는 '그때'에 대한 후회가 나를 잠 못 들게 했다. 한때는 내가 그 모든 것을 당연히 여겼지만, 이제는 그 모든 것이 지나간 것일 뿐이라는 사실이 너무나 씁쓸하게 느껴졌다.

다음 날 아침, 나는 일어나서 출근 준비를 하면서도 여전히 그때의 감정을 떠올리며 하루를 시작했다. 해주와 지우의 결혼식은 끝났고, 그들은 이제 새로운 인생을 시작했지만, 나는 여전히 그 시절의 후회 속에 갇혀 있었다. 내가 해주에게 다가갔더라면, 우리는 어떻게 되었을까? 그 질문이 나를 계속 붙잡고 있었다. 그리고 그 순간, 나는 비로소 깨달았다. 후회는 끝이 없다는 것을. 내가 놓친 기회, 내가 놓친 시간, 내가

마지막으로 후회 하나 더 해보겠습니다

놓친 사랑은 돌이킬 수 없다는 사실. 나는 그 사실을 알고 있으면서도, 여전히 그것을 잊을 수 없는 사람이라는 걸. 그 후회는 이제 내 안에, 내 마음 깊은 곳에 묻혀서 평생을 함께할 것이다.

이제는 알겠다. 너무 늦었다는 걸.

그 후회의 무게는, 시간이 지나도 가벼워지지 않을 것이다.

그렇게 나의 인생이라는 책에서 '해주와의 연애'라는 페이지는 찢어져 버리고 말았다.

후회라는 바다 끝에서

후회란 '과거에 잘못한 일을 두고두고 생각하며 한탄하는 행위'를 말한다. 모든 사람들이 후회를 하고, 나 또한 그중 하나이다. 최근 연말이 다가오면서 후회되는 일들이 하나둘씩 떠오르기 시작했고, 그 후회들은 나를 깊은 바닷속으로 끌어당기기만 했다. 마지막으로 희망을 가지고 숨을 참아보았지만, 결국 나는 또다시 '후회'라는 바다에 빠져들어 끝을 모르는 심해 속으로 천천히, 그리고 조용히 가라앉았다.

그렇게 얼마간의 시간이 흘렀을까? 의미 없이 심해를 떠다니다가 문득 깨달았다. 지금까지의 후회 중 헛된 후회는 없었다는 것을. 특히, 내가 지금 다니고 있는 고등학교에 입학한 것을 후회했던 기억들이 떠올랐다. 인문계 고등학교에서의 공부는 나에게 맞지 않았고, 대학에 갈 생각도 없던 차라 이 학교는 나에게 버거움으로 다가왔다. 그러나 시간이 지나면서 이곳에서 많은 걸 배우고 체험하게 되었고, 그 선택, 그리고 그 후회 또한 헛된 것이 아니라고 생각하게 되었다.

결국, 후회는 나를 성장하게 하는 중요한 과정이었고, 그 경험들이 나에게 긍정적인 영향을 미치고 있음을 깨닫게 되었다. 후회가 나를 괴롭히던 시절이 있었지만, 그 속에서도 의미를 찾을 수 있었고, 나는 그 경험을 통해 한 걸음 더 나아갈 수 있었다.

후회後會

후에 다시 만나자

커다랗게도
자그맣게도
남아버린 잔재들에게
말을 건넨다

후회라는 감정에게
선택의 책임을 남겨두었기에
얼굴을 붉혀내든
마음을 썩혀내든
온몸을 뒤틀렸든
했던 것이겠지

*

마지막으로 후회 하나 더 해보겠습니다

잘하지 못해서 그래
최선을 다했어도 말이야
신경 쓰지 못해서 그래
최선을 다했어도 말이야

그래도 고생했어 한 마디
나에게 말할 순 있잖아

후회라는 게 그런 거잖아
잘못인 걸 깨닫는 과정이잖아
아름답게 나답게
나아가는 거야

후회 後悔의 나에게
후회 後會를 기약하는 거야
다시 일어서보자
다시 해보자

그래, 후에 다시 만나자

후회를 원망할 필요는 없다

후회란 막연하게 다른 감정으로 변질되기 쉬운 말장난이 아니다.
우리를 어두운 심연에서 깨우는 소리이자, 명맥을 쥐여주는 신비로운 힘이다.

후회가 스며드는 순간, 우리는 그 감정의 진통을 느끼며 더욱 깊이 있는 존재가 된다.
비록 그 아픔이 우리를 답답하게 짓누를지라도,
과거의 눈물에서 비롯된 배움으로, 보다 나은 선택을 할 수 있는 지혜의 원천을 선물하게 된다.

그러니 후회를 애써 부정하고, 차갑게 외면할 필요는 없다.

어쩌면 후회라는 것은, 모든 것을 쉽게 망각하는 이들에게 주어지는 최선의 충고일지도 모른다.

그 동시에, 나는 네가 이 모든 걸 이겨내고, 결국엔 다시 일어날 수 있으리라 믿는다는 미숙한 형식의 위로일지도 모른다.

후회

가끔 오래전 나의 행동을 후회할 때가 있다. 10년 가까이 지난 지금도 기억하는 나의 행동은 고등학교 3학년 음악수업 때 있었던 일이다. 선생님이 평소에 내가 피아노 치는 것을 보시고 수업 시간 반주를 해보라고 권유하셨다. 권유를 받았을 때는 나한테만 오는 기회였기에 좋아서 해보겠다고 대답했었다. 그런데 막상 친구들이 모두 있는 곳에서 치려니 좀 부담스러웠다. 그리고 내가 치는 방법은 보통 반주보다는 멜로디가 주가 되는 정말 보통의 방법이었고 반주는 멜로디가 전혀 나오지 않아 내가 익숙하지 않아 안 하겠다고 했던 것 같다. 지금 생각하면 그때 그냥 해볼걸 하는 후회도 되는 것 같다.

앞으로는 후회하지 않고 살고 싶다. 다음이 아니라 지금을 기회로!

좋았을 거예요

사람들에게 더 마음을 열 줄 알았더라면 좋았을 거예요. 나를 싫어할 거란 생각 말고, 조금 더 자신감을 가졌더라면 좋았을 거예요. 내가 다칠까 봐 애써 조금 열린 마음 문마저 닫지 않았더라면 좋았을 거예요.

다른 사람 챙겨주기를 좋아하는 사람이었더라면 좋았을 거예요. 내게 다가온 인연들을 소중히 여기는 사람이었더라면 좋았을 거예요.

내가 나를 바라봤을 때, 스스로를 더 안아줄 수 있었더라면 좋았을 거예요. 과거의 나를 만나면 분명히 말해줬을 거예요. 너의 잘못이 아니야.

더 과감하게, 많은 기회들을 알아보고 도전했더라면 좋았을 거예요. 조금 더 용기 내어 통금을 두고 엄마와 싸웠더라면 좋았을 거예요.

대학에 와서 괜찮은 동아리 하나에 오래도록 몸을 담

았다면 좋았을 거예요.

사랑해, 고마워, 응원해. 이런 말들을 진작에 많이 할
줄 아는 사람이었더라면 좋았을 거예요.

언니를 더 사랑해 줄 수 있었더라면, 존중해 줄 수 있
었더라면 좋았을 거예요.

나의 사랑하는 이에게 조금 더 이타적인 사랑을 줄
수 있었더라면 좋았을 거예요.

다른 이들을 위해 더 간절한 마음으로 더 기도했더라
면 좋았을 거예요.

스스로에게 더 친절한 사람이었더라면 좋았을 것 같
아요. 타인을 더 마음에 담아두는 사람이었더라면 좋
았을 것 같아요.

내가 당신을 더 마음에 담아둘 수 있는 사람이었더라
면 좋았을 거예요.

마지막으로 후회 하나 더 해보겠습니다

닮은꼴

당신의 손을 닮은
당신처럼 고기를 좋아하는
당신의 단호함이 서려 있는
당신처럼 웃어버리는
딸내미가

당신보다 성실하지 못한
당신보다 순종하지 못한
당신보다 굳건하지 못한
당신보다 고독을 견디지 못하는
둘째가

당신의 부탁을 모른 척했던
당신에게 셔츠 한 벌 사주지 못했던

당신을 무안하게 했던
당신에게 다가서지 못했던
내가

이제야 당신 마음을 헤아리는
당신 같은 부모가 되고 싶은
당신에게 사랑받은
당신의 닮은꼴인
제가

매일 아침 웃으며 인사할걸
한 번 더 전화할걸
하루 더 기도할걸
당신이 나에게 어떤 존재인지 고백할걸

후회하고
그리워하고
보고 싶어 합니다
당신의 닮은꼴인 제가
당신을 닮아가는 제가

마지막으로 후회 하나 더 해보겠습니다

더 이상 후회하지 않으려면

사람들은 놓친 것을 아쉬워하며 자꾸 뒤돌아보는 경향이 있는 것 같다.

나 역시도 그랬다. 이렇게 하면 좋았을 걸, 저렇게 하면 좋았을걸 하는 지날 날에 대한 아쉬움 가득한 후회들. 하지만 자꾸 그런 생각을 하다 보니 현재를 살지 못했고, 과거에 더욱 얽매이게 되었다. 그리고 현재의 나는 없었다.

어디 그뿐일까. 미래를 위한 준비마저 할 수 없었다.

누군가 그랬다. 후회 또한 성장했기 때문에 할 수 있는 거라고.

그렇다. 우리는 모두 성장하는 중이고 조금씩 나아가는 중이다.

그렇기에 후회도 하고 과거를 돌아보며 아쉬움이 남

는 건 당연한 일인지도 모르겠다.

살아감에 있어 내가 가장 중요하게 여기는 건 뭘까
생각해 보면 거기엔 항상 인간관계가 있었다.
우린 살아가면서 누군가에게 상처를 받고, 서로 의견
이 맞지 않아 갈등하는 상황들을 맞닥뜨리곤 한다.
그리고 뒤돌아서면 그때 이 말을 했었어야 했는데, 이
렇게 했었어야 했는데 하며 자신을 자책하고는 어두
운 웅덩이 속으로 빠질 때가 많다.
하지만 이 같은 생각이 계속 자신 안에 머물게 두는
것은 결코 도움이 되지 않는다.

만약 내가 했던 행동이나 말, 또는 어떠한 것들에 대
해 후회하고 있다면, 거기에 얽매이지 말고 지금부터
라도 잘 살면 된다.
후회되는 일을 붙잡고 사는 것보다, 똑같은 후회를 하
지 않기 위해 노력하는 편이 훨씬 더 낫다.
그럼 나중에 되돌아봤을 때, 지나온 과거를 후회하는
것이 아니라 나를 대견스러워할 날이 올 것이다.
스스로가 많이 성장했다는 것 또한 알게 될 것이다.

마지막으로 후회 하나 더 해보겠습니다

그럼 그것을 위해서 지금 내가 할 수 있는 일은 무엇일까. 그건 바로 오늘 내가 잘한 것과 아쉬운 것은 무엇인지 생각해 보는 일이다. 잘한 점은 나 자신에게 칭찬해 주고, 아쉬운 점은 내 성장의 발판으로 삼아보자.

만약 후회된들 어떤가. 아직 그것을 만회할 시간과 기회들이 아직 남았는데.

또 이 젊음의 시간도 언젠가 시간이 지나면 지금의 때를 아쉬워할 날이 올 텐데, 그때의 아쉬움을 더 큰 후회로 만들기 전에 지금이라도 과거의 후회는 놓아주고 현재와 미래를 붙잡으며 살자.

당신은 할 수 있다. 할 수 없다고 생각하는 것은 아직 해보지 않은 일이라 마음이 주춤거려 미리 겁먹고 있기 때문이다.

마음이 주는 두려움을 자꾸 의식하다 보면, 그것은 사실이 아니라는 것을 깨달을 것이다.

당신은 두려움도 이길 수 있는 사람이다. 그 힘이 당신 안에 있다.

그러니 이젠 조금 더 당신을 믿어주고, 당신을 위한

인생을 살아가 보라.

그럼 먼 훗날 당신은 더 이상 과거에 얽매인 채 후회만 하던 모습은 온데간데없이, 마음 건강히 잘 지내고 있는 자신을 발견할 수 있을 것이다. 그러니 지금부터 시작해라.

과거는 놓아주고 당신의 인생을 붙잡으며 살아가는 일을.

마지막으로 후회 하나 더 해보겠습니다

난초

이른 말은 좋지 않다고 배웠다
이른 판단 또한 좋지 않다고 배웠다

나는 이른 말도 하지 않았고
이른 판단도 하지 않았다

난 어지러웠고
난 문드러져 있었다

난 난제
난 고난
난 혼란
난 재난
그리고 아름다운 난

전부 나의 포함

내가 재난이어서
모두 타버렸고 내가 키우던 아름다운 난이 타버렸다
남아있던 아름다움이 타버렸다

역시 나는 나인가 보다
역시 난은 나인가 보다

난은 아무 말도 하지 않았고
아무 판단도 하지 않았다

난 아무것도 하지 못했다

마지막으로 후회 하나 더 해보겠습니다

찰나

수없이 많은 하루에 당신은
수백 번 많은 감정들을 느끼겠지요.
하지만 후회만큼은
찰나의 순간이길 바라봅니다.

그럴 줄 알았으면
이렇게만 했더라면
그때로 돌아간다면...

너무나 무거운 짐을 메고
하루를 버티지는 않았는지요.

당신의 짐을 함께 짊어지고 싶은 저에게
그저 찰나 면 됩니다.

당신 곁에서 후회가 두렵지 않을

찰나의 하루를 말이에요.

마지막으로 후회 하나 더 해보겠습니다

지나가는 바람

후회란 누구에게나 가지고 있는 것
피해 갈 수가 없는 것이다.
마치 소용돌이가 되어
나중에 우리를 괴롭히기도 한다.
그렇게 차갑게 우리에게 돌아서며
매정하게 지나가 버린다.
사계절 내내 부는 바람처럼.
결국 바람이 지나가듯 후회도 스쳐 지나가는 법.

최선을 다해보기

한 살이라도 더 어릴 때,
학생 신분일 때,
마음껏 해보자.
놀고, 먹고, 때론 울고, 사과도 해보고,
그 당시에 했던 행동들이 후회가 되어
내게 비수처럼 꽂아 날아올지도 모르지만
나중에 내가 잘 견디고 성장할 수 있게 되는 버팀목
이 되어 줄 것이다.
그러니 우리 모두 최선을 다해보기.

삶의 진리

삶이란 행복감을 주기도 하지만
무기력감과 불행함을 안겨주기도 한다.
삶을 살아가면서 후회는 나이가 점점 들어갈수록
인생의 섭리처럼 이해하고 알아가게 되는 법.
그렇게 우리는 하나하나 성장해 간다.
삶은 우리를 배신하지 않는다.
후회가 생기더라도 나중에 참된 삶의 진리를 앎으로써
더 나은 사람이 되어갈 수 있다는 것을.

묶여 있지 않은 후회

살아가며
자신에게 물어오는 질문에
수많은 밤을 마주한다

인생의 선택과 기로에서
수북이 쌓인 질문과 의문 앞에
마음의 해답을 찾으려
가던 길의 생각에 멈춰서 보고

이해할 수 없는 질문 앞에
오랜 시간 나를 내던져도 본다

내 삶의 길목마다 지키고 있던
질문에 대한 선택들은

마지막으로 후회 하나 더 해보겠습니다

후회에 묶여 있지 않기 위해

기고 서고 걷고 달리며

마음이라는 숲길에
햇살 쏟아지는 나뭇잎 사이 밝은 곳으로
오늘도 최선을 다해
내 안의 깃든 소리에 귀 기울이며
스스로 길이 되어 본다

포레스트 웨일 공동 작가

마지막으로 후회 하나 더 해보겠습니다

초판 1쇄 발행 2024년 12월 10일
초판 1쇄 인쇄 2024년 12월 10일

지은이	안정	0526	김채림(수풀)	꿈꾸는 쟁이	은지	이닻	청월
	최유리	박지연	광현	김승현	고태호	이상현	숨이툭	사랑별
	아루하	정지혜	문병열	김원민	장준혁	윈터	권혜주
	새벽(Dawn)	정해온	박한울	무료한	손아정	안세진
	진서	노기연	일랑일랑	초록慧	박상어	보고쓰다	김유형
	김혜원	사랑의 빛	여운yeoun	최이서	김지웅	홍재우	이지현
	김유진	민설	이은혜	연진	시눈	서리	서기	아낌	최병희
	한민진	이지아	지원	민들레	작꼬	박주은	이루리	윤현정
	김지은

디자인	포레스트 웨일
펴낸이	포레스트 웨일
펴낸곳	포레스트 웨일
출판등록	제2021 - 000014 호
주소	충남 아산시 아산로 103-17
전자우편	forestwhalepublish@naver.com

종이책	979-11-93963-70-8
전자책	979-11-93963-69-2

ⓒ 포레스트 웨일 | 2024

작가님들과 함께 성장하는 출판사
포레스트 웨일입니다.
작가님들의 소중한 원고를 받고 있습니다.
forestwhalepublish@naver.com